うちの神様知りませんか？

市宮早記

PHP
文芸文庫

JN119783

○本表紙デザイン＋ロゴ＝川上成夫

うちの神様知りませんか？ 目次

序章　すべて忘れて

どこか遠く、だれも自分のことを知らない場所へ行きたい。

桐谷紗栄《きりたにさえ》が初めてそう思ったのは、中学一年生の秋だった。

漠然《ばくぜん》とした願いは、中学を卒業して高校へ進学しても薄れることなく、むしろ強く、切実さを増していった。

紗栄は十一歳の夏、事故に遭《あ》い、記憶をすべてなくしている。そのせいで、周囲の人たちとうまくいかず、ずっとわだかまりを抱えてきたのだ。

高校三年生になると、紗栄はとうとう、長年の願望を実行することに決めた。

高校卒業後は県外の大学へ進学し、地元を離れる。両親や同級生とは少しずつ距離を置き、人間関係もなにもかも、すべて一からやり直すのだ。

受験を終えた三月。桜の花がほころび始めたある日の早朝、大きなリュックを背負い、紗栄は一人で家を出た。

紗栄の母の実家は、僻邑《へきゆう》の由緒《ゆいしょ》ある神社だ。祖父が社務所《しゃむしょ》に暮らしながら宮司《ぐうじ》を務めていたが、四年前に病気で亡くなって以来、だれも住んでいない。紗栄はその神社へ引っ越して、近くの大学へ通うことにした。

近場にだれも親戚《しんせき》が住んでいないせいか、神社はほとんど放置されている状態だという。

電車を何度も乗り換えて、数時間後。神社の最寄り駅に着くと、小雨が降っていた。天気予報では晴れだったので、傘は持ってきていない。

これ以上ひどくならないといいな。

薄暗い空を見上げつつ、紗栄は屋根のあるバス停へと急いだ。

二十分ほど待って、ようやく一時間に一本しか出ていないバスに乗りこむ。バスは対向車もほとんどない、山間《やまあい》の細い道路を縫うように走った。

「次は、草津《くさつ》。草津に停まります」

いつの間にかうつらうつらとしていた紗栄は、聞こえたアナウンスに飛び起きた。あわてて降車ボタンを押して、バスを降りる。

たしか神社は、ここから歩いて十分程度だったはず。

幸い今は雨がやんでいるが、いつまた降りだすかわからない空模様だ。リュックを背負い直すと、足早に歩きだす。

――おかえり、紗栄。

ふと、どこかから小さな子どもの声が聞こえた。立ち止まって振り返るが、どこにも人の姿は見当たらない。

気のせいか。長旅で疲れているのかもしれない。

気にせず先へ進むと、遠くに石造りの鳥居《とりい》が見えてくる。

「ここが、草津神社……」

地図アプリで確認して、顔を上げる。鳥居の奥は、杉の森を切り開いたように、参道《さんどう》がまっすぐ延びている。

子どものころは、よくここへ遊びに来ていたらしい。しかし、自分が覚えている限りでは、四年前、祖父が亡くなったときに一度訪れただけだ。『親戚』という名の知らない大人たちに囲まれて、記憶がないことについてあれこれ聞かれ、ひどく居心地の悪い思いをしたのを覚えている。

苦《にが》いものが込み上げてくるのを感じ、紗栄は小さく首を振った。

ポケットにスマートフォンをしまって、鳥居をくぐる。濡《ぬ》れた石畳《いしだたみ》には落ち葉が貼りつき、あちこちに雑草が生えていた。

引っ越し作業が落ち着いたら、ここも掃除しよう。

参道を歩きながら、紗栄は周囲を見回した。

森の中だからか、道路沿いを歩いていたときより、肌寒く感じる。まだ昼間だが、曇っているのに加え、生《お》い茂る木々に僅《わず》かな日の光もさえぎられているせいで、日暮れ前のように薄暗い。

しばらくすると、参道の先に苔《こけ》むした石段が現れた。両脇には蔦《つた》や苔に覆《おお》われた石灯籠《いしどうろう》が何基も並んでいる。

辺りにはうっすら霧《きり》が漂《ただよ》い、まるで異界に迷いこんでしまったような雰囲気だ。神秘的で、どこか、言いようのない不安を覚える。

鳥だろうか。ときおり木々がガサガサと音をたてるのも、気味《きみ》が悪い。われ知らず、紗栄の足取りは速くなっていく。ついにはなにかに追い立てられるように、走り出していた。

石段を上へ上へと駆け上がり、しめ縄の張られた赤い鳥居をくぐる。

やっとの思いで石段を上りきると、膝《ひざ》に手をつき、肩で息をした。

呼吸が整ったころ、ゆっくりと顔を上げる。目の前に広がる光景に、紗栄は思わず目を見張った。

「きれい……」

荒れ果てていた参道から一変、砂利《じゃり》が敷き詰められた地面には落ち葉一つなく、拝殿《はいでん》へ続く道の両脇にある狛犬《こまいぬ》の像には、苔も生えていない。まるで今も人が住んでいるかのようだった。

最近、親戚のだれかが来て、掃除したのだろうか。社殿《しゃでん》も古びているが、触れても埃《ほこり》一つ付かない。とまどいながらも、紗栄は拝殿のそばに建つ社務所へ向かった。引き戸の前に立つと、リュックにしまっていた鍵を取り出す。

そのとき、社務所の中から小さな物音が聞こえた。

だれかいる……？

浮かんだ考えに、全身から血の気《け》が引く。泥棒《どろぼう》か。はたまたホームレスが住みついていたりするのだろうか。

「……だれか、そこにいるな」

ふいに、中から声が聞こえた。咎《とが》めるような、きつい青年の声だ。同時にこちらへ向かってくる、静かな足音が聞こえてきた。

心臓が早鐘《はやがね》を打ち、背筋を冷や汗が伝い落ちる。逃げ出したいのに、金縛《かなしば》りにあったように体が動かない。

戸のすりガラスに、ぼんやり人影が映った。次の瞬間、勢いよく戸が開く。

現れたのは、息をのむほど美しい顔をした、着流し姿の青年だった。色白で、女と見紛《みまが》うような顔立ちだ。

どんな恐ろしい風貌《ふうぼう》の男が出てくるのかと思っていた紗栄は、予想外のことに、ぽかんと口を開けた。

年頃は同じか、少し上くらいだろうか。背が高く、茶色の髪を後ろで一つにまとめている。

青年は紗栄を見て、一瞬はっと目を見開いたが、みるみるうちに表情を変えると、にらみ殺さんばかりの視線を向けてきた。

「ここに、人の子がなんの用だ」

言葉とともに、青年の体が青白い光に包まれる。足下から風が巻き上がり、社務所の戸がガタガタと震《ふる》えだした。

「あ……」

なにか言わなければと口を開くが、言葉にならない。

――殺される。直感で、そう思った。

青年が一歩紗栄に近づいた瞬間、背を向けて走りだす。

あれはだれだ。人間ではないのか。どうしてこの社務所にいたのか。

恐怖で呼吸が乱れる。足がもつれる。紗栄は転がるように石段を下りていった。

死にたくない。死にたくない。

必死の思いが胸を駆けめぐる。

お願い、だれか。だれか——。

「助けてやろうか」

ふと、耳元で若い女の声がささやいた。

「……だれ」

足を止めて顔を上げるが、声の主は見当たらない。それどころか、紗栄が立っている石段は、先ほど上ってきたものとはまったく異なるものだった。

地の底まで続いていそうな、果ての見えない石段に、真っ赤な鳥居が等間隔に並んでいる。周囲は濃い霧に包まれ、なにも見えない。

「娘よ、私が助けてやろうか。おまえを苦しめる、すべてから」

ささやく声はめまいがするほど甘く、頭がぼんやりとしてくる。

「どうしたらよいか、教えてやろう」

声がそっと続ける。

「私に、その身を捧げるのだ」

ぞわりと総毛立《そうけだ》ち、一気に頭が覚醒《かくせい》した。

この声の主の言うことを聞いてはいけない。——逃げなければ。

再び駆け出そうと、石段を一段下りる。しかし、ひやりと冷たい手に後ろから首を摑《つか》まれ、そのまま強い力で締めつけられた。

「う……っ」

長い爪が、紗栄の首に食いこむ。なんとか指を外《はず》そうと抵抗するが、微動《びどう》だにしない。焦《あせ》るばかりで、息はどんどん苦しくなっていく。

このまま、殺されてしまうのだろうか。

体から力が抜け、だらりと腕が下がる。意識が白くかすみ、途切れそうになった。

「――そこでなにをしている」

ふいに頭上から、青年の声が聞こえた。紗栄の首を摑んでいた手が少し緩《ゆる》む。僅かに喉を通った空気に、紗栄は激しく咳《せ》きこんだ。

「愚劣《ぐれつ》な妖《あやかし》ごときが、だれの許可を得てこの地に踏み入った」

ゆっくりと、声が近づいてくる。紗栄は息苦しさに涙を滲《にじ》ませながら、石段の上へ顔を向けた。

歪《ゆが》んだ視界に映るのは、一つの人影。――さっきの青年だ。

「言葉を解す頭があるのなら、霊格の差くらいわかるだろう。今すぐ、その穢《けが》れた手を離せ」

「ひっ……」

小さな悲鳴とともに、紗栄の首を摑んでいた手が離れた。紗栄はとたんに崩れ落ち、地面に膝をつく。

「う、ぎゃあああ！」

次の瞬間、響いた悲鳴に弾《はじ》かれたように紗栄は顔を上げた。そこには、人とも獣《けもの》ともつかない、異形《いぎょう》のものが青白い炎に包まれて叫び声を上げていた。

腐《くさ》ったような緑色の肌に、黒い長い爪。体の半分を覆うように伸びた髪は、絡《から》まり、あちこちに毛玉ができている。

恐怖のあまり、声も出ない。

異形のものは、悶《もだ》え苦しみ、ふらつきながら後ずさると、霧の中に消えていった。

ゆらりと目の前の景色が揺《ゆら》ぐ。気がつくと紗栄は、石段の前に戻っていた。

青年はすぐそばに立ち、紗栄を見下ろしている。その目はぞっとするほど冷たい。

「あの妖と同じ目に遭いたくなければ、おまえもさっさと立ち去れ」

青年の言葉に、さっきの光景がよみがえる。紗栄は震えながらも、地面に手をついて立ち上がろうとした。

しかし、濡れた地面に足が滑《すべ》り、近くにあった狛犬の像にぶつかってしまう。

ぶつけた肩を押さえて顔を上げると、ただの石像だったはずの狛犬の像から、うっすらと霧のようなものが立ちこめていた。

「な、なに……？」

霧は淡く輝き、狛犬の像を包みこむ。一陣の風とともに霧が晴れ、現れたのは首にしめ縄を巻いた、銀色に輝く毛並みの獣だった。鋭《するど》い牙を持ち、貌《かお》には隈取《くまどり》を思わせる朱色の紋様《もんよう》がある。

犬のような貌をしてはいるが、自分の知るそれとは明らかに違っていた。

「紗栄さま！　おひさしぶりです。大きくなられて――」

自分の名を呼び、近づいてくる獣を、紗栄はとっさに突き飛ばした。

「い、いやっ！」

「来ないで……！」

混乱と恐怖に、息が上がる。

さっきからなにが起きているのか。まったく理解が追いつかない。

今度こそ逃げようと、紗栄は立ち上がった。その瞬間、めまいがして――ぐらりと大きく視界が揺れる。

「紗栄さま！」

叫ぶ声が遠くに聞こえる。目の前が急に真っ黒に染まり、紗栄は気を失った。

◇

「紗栄さまー！　こっち、こっち！」

はしゃいだ声と草木をかき分ける音が、静かな森に響く。

「待って、鐵《くろがね》！」

ここは、草津神社を囲む杉の森だ。そして、銀色の犬を追うあの少女は——幼いころの自分。

「捕まえた！　今度は鐵が鬼ね！」

飛びつくように犬に覆いかぶさり、幼い自分が楽しそうに笑う。

「十数え終わるまで、そこを動いちゃだめだからね！」

そう言うと、すぐに身をひるがえして走り出した。追ってきていないか、ちらちらと後ろを振り返りながら、森の中を突き進む。

しかし、そろそろ十数え終わっただろうというとき、目の前の急な斜面に気づかず足を滑らせてしまった。

「あっ！」

宙に舞う、小さな体。思わず紗栄は目を閉じてしまう。

「――紗栄！」

声がした。そう思った瞬間、ふわりとだれかに抱きとめられる感触がした。

◇

「……う……」

「紗栄さま！　お気づきになられましたか！」

頭のなかがぐるぐると回っているようで、気持ちが悪い。薄く目を開けると、だれかがのぞきこむように紗栄を見下ろしていた。

「ここは……」

「社務所の中です。紗栄さま、気絶なさったんですよ」

どうやら自分は、畳に敷かれた布団《ふとん》に寝かされているようだ。何度かまばたきを繰り返すと、意識と視界がクリアになっていく。

枕元に座っているのは、十歳くらいの銀髪の少年だった。袴《はかま》姿で、大きな丸い目を紗栄に向けている。

一瞬すべて夢だったのかと思ったが、よく見ると彼には犬のような耳と尻尾《しっぽ》が付いていた。毛色は髪と同じ銀色で、それが、気を失う前と夢で見た犬の姿と重なる。

「……鐵?」

ぽつりとつぶやく。少年はとたんに顔を輝かせた。

「そうです、鐵です! 思い出されたのですか⁉」

少年――鐵の尻尾が、千切《ちぎ》れんばかりに左右に揺れる。勢いに押されながら、紗栄は小さくうなずいた。

「た、ぶん。……ほんの少し、鐵のことだけだけど」

鐵は草津神社の狛犬だ。小さいころ、おそらく何度も遊んでもらった。

紗栄はゆっくり体を起こし、額《ひたい》を押さえた。

――狛犬がまるで人みたいに、動いたり、話したりするなんて。

ずっと想像上の生き物だと思っていたし、記憶をなくしてから今まで、こんなものは見たことがなかった。それが急に、なくしていた記憶のなかや、目の前の現実として現れて、あたりまえのように会話をしている。

自分は頭がおかしくなってしまったのだろうか。

「私のことだけ、ですか……。いえ、それでもよかったです」

鐵は紗栄の言葉にほほえんだ。それから居住まいを正すと、紗栄に向かって深々とお辞儀《じぎ》をする。

「改めまして紗栄さま、おかえりなさいませ。本当におひさしぶりでございます」

「えっ、は、はい」

突然のかしこまった挨拶《あいさつ》にとまどいつつ、顔を上げて鐵を見る。

「紗栄さまがまた、この社《やしろ》にいらしてくださったこと、心より感謝しております。私はここ半年ほど、ほとんど像の中で眠っていることしかできておりませんでしたが、おかげさまで今こうして動けております」

「私はべつに、なにもしてないけど……」

「いいえ！　紗栄さまのような霊力のあるお方がそばにいてくださると、それだけで穢れが祓《はら》われ、私も自分の霊力を取り戻すことができるのです」

「霊力？」

耳慣れない言葉に聞き返すと、鐵はこくりとうなずいた。

「紗栄さまが今、私を視《み》ることができるのは、紗栄さまのもつ霊力のおかげです。私にとっては原動力のようなもので、霊力をなくしてしまうと話をすることもできません」

「でも私、ずっと鐵みたいなひとは見たことがなくて」

「紗栄さまは記憶をなくされていたでしょう？　霊力は魂のもつ力の一つ。そして魂とは、煎《せん》じ詰めれば心のこと。時とともに変容していくもので、記憶とは切って離すことのできない関係にあります。記憶をなくされたことで、紗栄さまは霊力もなくされていたのですよ」

突然、おかしなものが視えるようになり、そのうえ、なくした記憶まで取り戻したと思っていたが、そもそもこの二つは連動していたということか。

「照栄《しょうえい》さま――紗栄さまのおじいさまも、霊力の強いお方でした。しかし、四年前に病で逝去《せいきょ》され、以来、社の穢れは溜《た》まってゆく一方で。今日のように、悪い妖が入りこむことも、しばしばありました」

――妖。その言葉に、緑色の肌をした恐ろしい化け物を思い出す。

「妖ってなんなの？　あれも、ふつうの人には視えないの？」

「妖にもいろいろいますので、説明すると長くなるのですが……一言でいうなら、死と生のあわいにいる者、といったところでしょうか。妖のなかにはまれに強い力を持ち、ふつうの人に視える者もいますが、基本的には視えません」

「そう……」

鐵は、今の紗栄には霊力があると言った。ということは、これからもあんな恐ろしいものを視ることがあるのだろうか。

急に寒気《さむけ》を覚え、紗栄は自分の腕をさすった。

「照栄さま亡《な》きあとも、しばらくは妖が社に踏み入るようなことはなかったのですが……。二年前、ヒサギさまが突然社からいなくなってしまわれてからは、このありさまで」

「ヒサギさまって？」

「草津村に住む人々を守護《しゅご》する、神であらせられます」

「かっ、神様⁉」

狛犬や妖の存在さえ、まだ受け止めきれていない状態だというのに、今度は神ときたか。あまりのことに、気が遠くなってくる。

しかし、そんな紗栄の心の内など知らない鐵は、身を乗り出して、さらにとんでもないことを言い出した。

「そこで、紗栄さまにお願いがあるのですが……どうかヒサギさまを捜し出し、この社に連れ戻してはいただけないでしょうか」

「――え？」

「お願いします！　ヒサギさまはこの地の氏神様《うじがみ》。ご不在が続けば、村に住む人々に災《わざわ》いが降りかかる可能性もあります。どうかご協力ください」

「ち、ちょっと待って。急にそんなこと言われても……」

両手を摑んで懇願《こんがん》され、紗栄はうろたえた。

「私、まだ今の状況ものみこめてなくて。とりあえず、もうちょっと詳しく話を聞

「かせ――」

「その必要はない」

突然、紗栄の言葉をさえぎるように、声がした。同時に近くの襖《ふすま》が開く。現れたのは、妖を追い払い、紗栄に「立ち去れ」と言った、あの美貌《びぼう》の青年だった。思わず、身をこわばらせる。

「琥珀《こはく》さま……」

鐵は青年を見て、困ったような顔をした。二人は知り合いなのだろうか。

「ヒサギは俺が捜す。こいつには無理だ」

琥珀と呼ばれた青年は、腕を組み、目をふせる。

「あんな低級の妖一匹追い払えないようでは、足手まといにしかならない。諦《あきら》めろ、鐵。そいつは照栄とは違う」

鐵がぎゅっと唇を噛みしめる。琥珀は紗栄を一瞥《いちべつ》すると、

「動けるようになったなら、すぐにここを出ていけ。もう二度と、顔を見せるな」

くるりと身をひるがえして、部屋を出ていった。足音が聞こえなくなってから、ようやく紗栄は緊張をとく。

「さっきの人はだれ？」

「狐の妖の、琥珀さまです」

「あの人も妖なの？」

表情を硬くした紗栄に、鐵があわてたように顔の前で手を振る。

「妖といっても、紗栄さまを襲《おそ》ったような、悪いものではありません。その……昔ヒサギさまとご縁がありまして、照栄さまが亡くなられて以来、この社に住んでおられるのです」

社務所から出てきたから、薄々そうではないかと思っていたが、やはりここに住んでいるのか。

胸が重くなるのを感じ、紗栄はうつむいた。

「私、本当は今日からここで暮らすつもりだったの。でも……無理なんじゃないかな。このままここにいたら、あの人に殺されそうだし」

「そんなことはありえません‼」

急に大きな声になった鐵に、驚いて目を見開く。

鐵は我に返ったように謝って、視線を落とした。

「あ……失礼しました」

「琥珀さまは決して、人を殺すような方ではありません。先ほど、社からヒサギさまがいなくなり、私もほとんど眠って過ごすようになったと言いましたが、その間、この社を守ってくださっていたのは琥珀さまなのです」

「……でも」

琥珀という青年は、紗栄に「あの妖と同じ目に遭いたくなければ」と言った。思い出しただけでも背筋が凍《こお》るような表情で、あれが本気でなかったとは到底思えない。

納得できないでいると、鐵は真剣な瞳でまっすぐ紗栄を見つめた。

「琥珀さまは、妖のなかでも群を抜いてお強い方です。この社のことなど放っておいて、自由な暮らしをすることもできたでしょうが、ずっとここにいてくださいました。おかげで、社が妖に乗っ取られるようなこともなかったのです」

そう話すと、内緒話《ないしょ》をするように紗栄に顔を寄せる。

「先ほどはあんな態度でしたが、気を失われた紗栄さまをここまで運ばれたのも、琥珀さまなのですよ」

「あの人が、私を……？」

たしかに、体の小さな鐵では紗栄を運ぶことは難しそうだ。しかし、とても信じられない。

「琥珀さまはわかりにくいですが、お優しい方なのです。……だから、私をお止めになった」

「え？」

最後につぶやいた言葉が聞き取れず、首をかしげると、鐵はぱっと笑顔になって立ち上がった。

「ひとまず私は、琥珀さまに話してみます。紗栄さまはゆっくりお休みになっていてください！」

そう言い残すと、鐵は部屋を出ていった。一人になった紗栄は、倒れるように布団に横たわる。

一気にいろんな情報を詰めこまれ、頭がパンクしそうだった。

「なにがどうなってるの……」

自分はただ、だれも知り合いのいない場所で、新生活を始めたかっただけなのに。

深いため息をついて、左腕を顔の前まで上げる。腕時計を見ると、もうすぐ三時半になろうとしていた。夕方には引っ越しの荷物が届き、電気やガスなどの業者も来る予定だ。

正直なところ、琥珀のことはまだ怖《こわ》い。鐵もいるとはいえ、あんな得体の知れない男と一つ屋根の下で暮らすなんて絶対に嫌だ。

しかし、大学の入学手続きは済んでいるし、今さら地元へは帰れない。社を出て一人暮らしをしようにも、お金がない。

「……我慢するしかないか」

鐵の言葉を信じるなら、ここにいても琥珀が自分に危害を加えることはないだろう。いずれは出ていくとしても、当面はここにいるしかなさそうだ。

夕方になり、引っ越し業者などが来て、荷ほどきをしたり慌ただしくしていると、あっという間に夜になった。鐵はあれから、一度も戻ってきていない。心配になった紗栄は、夕飯をカップラーメンですませたあと、捜しにいくことにした。

――もしもまた、昼間のように妖に襲われたら。

想像して、怖気《おじけ》づきそうになりながらも、社務所を出る。足下を照らそうと、ポケットのスマートフォンを取り出して――ふと、空を見上げた。

「わあ……!」

思わず感嘆の声がもれる。紗栄の頭上には、満天の星空が広がっていた。深い藍《あい》色《いろ》の空に、砕《くだ》いたダイヤモンドの粒を撒《ま》いたような、きらめく星々。

つかの間、怖がっていたことも忘れて、夜空を眺める。

だれが、いつの間に点《つ》けたのか。境内《けいだい》の石灯籠には火が灯《とも》っていて、スマートフォンの明かりはいらない。幻想的な光景に、紗栄は夢見心地《ゆめみごこち》で歩き出した。

もともと紗栄は、神社の厳《おごそ》かな雰囲気や、歴史を感じさせる建築物が好きだった。特にこの草津神社は、豊かな自然の美しさもあり、祖父の葬式で訪れて以来、ずっと心に残っていた。だから引っ越し先にここを選び、大学の進路も神道科を選択したのだ。

ちろちろと水の流れる手水舎《てみずしゃ》や、絵馬掛所《えまかけどころ》、神楽殿《かぐらでん》をゆっくり見て回る。しかし拝殿のそばまで来たところで、ぎくりとして足を止めた。

拝殿前の石段には、琥珀が一人で座っていた。鐵同様、ずっと姿が見えなかったので、内心、社を出ていってくれたのではと期待していたのだが。

声をかけることもできず、紗栄は立ち尽くしたまま琥珀を見た。

灯籠の明かりに照らされた横顔は、怖いくらい整っている。鐵は妖を死と生のあわいにいるものと説明したが、琥珀を見ていると、納得できる気がした。

昼間紗栄を襲った妖とはまた別の意味で、琥珀もこの世のものとは思えない風貌をしている。

「そこでなにをしてる」

琥珀の声に、びくりと肩が跳《は》ねた。琥珀は前を向いたままで、紗栄を見てはいないが、周囲に他に人の姿は見えない。

紗栄は覚悟を決めて、口を開いた。

「あいつなら像の中だ。まだ本調子ではないらしい。放っておけば、明日の朝には勝手に起きてくる」

「……そうですか」

意外だ。まさか、教えてくれるとは思わなかった。

最初の印象が最悪で、会話ができるような相手ではないと思いこんでいたが、そうでもないのだろうか。

だとしたら、昼間のことも、お礼を言った方がいいだろう。

「あの……妖から助けてくれて、ありがとうございました。あと、鐵から社務所まで私を運んでくれたのも、あなただって聞いて。それも、ありがとうございます」

小さく頭を下げて、うかがうように琥珀を見る。

「命を救ってもらった相手に、その程度の礼しかできないのか」

「……え？」

「あれは特段、おまえを助けようと思ってしたことじゃない。ただ家の庭に害虫がいて、追い払ったところにたまたまおまえがいただけだ。だが、おまえからすれば、俺は間違いなく命の恩人だろう」

……つまり、どうしろというのだろう。

「く、鐵がいなくて」

困惑していると、琥珀がようやく紗栄に顔を向ける。

「礼を言うには、頭《ず》が高いんじゃないか」

もっと深く頭を下げろということだろうか。

とまどいながらも、もう一度、今度は深く頭を下げる。しかし、そんな紗栄に琥珀は「まだ高いな」と返した。

「まだって……土下座《どげざ》でもしろっていうんですか？」

「べつに、強要はしてない」

この男、本当に土下座させるつもりだったのか。

半分冗談のつもりだった紗栄は、琥珀の言葉にあぜんとした。

「礼をする気がないなら、俺は中へ戻る」

「ま、待って！」

立ち上がろうとした琥珀を、とっさに止める。

もはや感謝の気持ちはないに等しいが、本人の言うとおり、琥珀は命の恩人だ。

紗栄は小さく深呼吸すると、その場に膝をついた。

「――助けていただいて、ありがとうございました」

この世で一番苦い虫を嚙み潰《つぶ》したような気分で、お礼を言う。すると、頭上から小さなため息が降ってきた。

「たかだか礼一つに、ずいぶん時間を取られたな」

記憶をなくしてから初めて、人を殴《なぐ》ってやりたいと思った。琥珀を怖いと思う気持ちはまだあるが、それ以上に腹が立つ。

立ち上がると、必死で怒りを押しこめて、にこりと笑った。

「ずいぶん素敵な趣味をお持ちなんですね」

「礼の仕方を知っているくらいには、育ちがいいからな」

精いっぱいの嫌味をこめたつもりだったが、琥珀はすました顔で答えた。

「昼間、鐵が言っていたヒサギ捜しの件だが、おまえは絶対に首をつっこむな。今日のところは許すが、この社からもさっさと出ていけ」

そう言って立ち上がると、社務所に向かって歩き出してしまう。

「あ、あなたにそんなこと言われる筋合いないです！」

琥珀の背に向かって叫ぶが、振り返りもしない。

なんて尊大な男だ。性格が悪いとかいう次元ではない。

紗栄はこめかみを押さえて、ため息をついた。

あんなやつと、これから暮らしていかないといけないなんて。考えただけで気が滅《め》入《い》る。

——かくして、最悪な気持ちとともに、草津神社での新生活は幕を開けたのだった。

一章　賑やかな一人暮らし

　はっと息をのんで目を開けると、見慣れない天井《てんじよう》がある。体を起こして、朝の光に包まれた部屋を見回し、紗栄《さえ》はようやくここが草津《くさつ》神社の社務所《しやむしよ》の一室だと思い出した。

　震える息を吐《は》いて、シャツの胸辺りをぎゅっと握りしめる。

　心臓の音が、やたらと速い。暑くもないのに、全身にじっとりと汗をかいていた。

　――また、夢を見ていた。昨日見たものと同じような、鐵《くろがね》と遊んだ昔の自分の夢だ。

　それによって、記憶が少し戻っている。これからも、こうして少しずつ、昔のことを思い出していくのだろうか。

　紗栄はうつむいて、固く目を閉じた。

どうしてだろう。わからないけれど……怖《こわ》い。

なにも思い出したくない。自分はこのままでいい。そう思うのに、だれかが無理やり、自分を知らない場所へ引きずりだそうとしているようだった。

ゆっくり目を開けると、枕元に置いていたスマートフォンを手に取る。起動させると、メッセージの着信が一件あった。

母親からだ。一人で家を出ていった紗栄を心配し、やはり手伝いにいこうかと尋《たず》ねる内容だった。

両親はきっと、自分の記憶が戻ったと知れば、喜ぶのだろう。

唇を引き結んで、紗栄はスマートフォンの電源を落とした。

身支度《みじたく》をすませて部屋を出ると、どこからか味噌汁《みそしる》のいい匂いが漂《ただよ》ってきた。

それにつられて、廊下《ろうか》の先にあった台所に入る。

そこには鐵がいて、一人で朝食の支度をしていた。昨日と同じ袴《はかま》姿に、たすき掛けをして白いエプロンをつけている。

「あっ、紗栄さま！　おはようございます。昨夜は挨拶《あいさつ》もせず、先に休んでしまってすみませんでした」

紗栄に気づくと、鐵は持っていたおたまを置いて、駆け寄ってきた。

「気にしないで。もう体は大丈夫なの？」

「はい、すっかり！」

満面《まんめん》の笑《え》みで答えた鐵に、ほっと胸をなでおろす。それから、調理台の上に並んだ料理に目を瞬《しばたた》いた。

「わあ、すごい。これ全部鐵が作ったの？」

若竹煮《わかたけに》に焼き魚、ほうれん草のお浸しと具材のたくさん入った味噌汁。見ているだけでもよだれが垂《た》れそうだ。

鐵は少し照れたように笑った。

「ひさしぶりに作ったので、おいしいかどうか自信はないですが……」

「絶対おいしいよ！　でも、食材はどうしたの？」

「魚とたけのこは採ってきました。他は、そこのダンボールに入っていたものですよ」

鐵が指さした方を見ると、両腕でなんとか抱えられるくらいの大きさのダンボールが置かれていた。差出人を見ると、両親の名前が書かれている。荷ほどきは昨日のうちに全部終わらなくて、放置していたものも多かったから、気づかなかった。

「紗栄さまのご両親は、あいかわらずお優しいですね。お二人とも、紗栄さまや照栄《しょうえい》さまのような霊力はありませんでしたが、昔はよく社《やしろ》へ来てくださって――」

お茶碗にご飯をよそいながら、鐵が思い出話を始める。

ああ、またか。紗栄はため息をつきそうになるのをこらえて、うつむいた。

鐵も両親や地元の同級生たちと同じ。みんな紗栄の知らない『桐谷《きりたに》紗栄』の話をする。

紗栄にとって、記憶をなくす前の自分は、知らない人間も同然だ。思い出話をされたところで、自分の話だとは思えない。それどころか、『おまえはこういう人間だ』と決めつけ、押しつけられているようにさえ感じた。

「……そうなんだ。あ、この料理、居間に運んじゃうね」

適当に話を終わらせて、台所を出る。すべての料理を運び終わったころ、琥珀《こはく》が現れた。

紗栄を見るなり、琥珀は面倒《めんどう》そうな顔をする。

「まだいたのか」

鬱屈《うっくつ》としていたところに、この一言だ。紗栄はきつく琥珀をにらんだ。

「私、出ていきませんから」

「……なんだと？」

琥珀の顔から表情が消える。美しすぎる人の無表情は、そこらの人間の怒った顔よりはるかに凄《すご》みがある。

一瞬怯《ひる》みそうになったが、ぐっとこらえてにらみ続けた。

「四月になったら、ここから大学に通う予定なんです。私と住むのが嫌なら、あなたが出ていったらどうですか？」

そうだ。そもそもここは祖父の神社なのだから、自分には住む権利がある。勝手に住みついている妖《あやかし》に追い出される謂《いわ》れはない。

琥珀は目を細めて紗栄を見下ろした。

「昨日は地面に這《は》いつくばって、俺に頭を下げていたやつが『出ていけ』とは、ずいぶん強気《つよき》だな」

「あれはあなたの趣味に付きあってあげたんです。弱い者いじめがお好きみたいだったので」

「まあ、嫌いじゃないな。貧弱な馬鹿に身のほどを知らせてやると、心が安らぐ」

「……本当に性格悪いんですね」

あきれを通り越して、感心する。

「頭が悪いよりは百倍ましだ」

琥珀は小馬鹿にするように、ふんと鼻を鳴らした。紗栄のこめかみに青筋が立つ。

そこへ鐵が、あわてたように間に入ってきた。

「お、お二人とも落ち着いて……！　朝ご飯が冷めてしまいますから、ひとまず座りましょう？」

おろおろと顔色をうかがってくる鐵を見ていると、このままけんかを続けるのは大人《おとな》げないような気がしてくる。

仕方がないと座卓の前に座った紗栄に対して、琥珀は、

「俺はあとで食べる。こいつがいたら、飯がまずくなる」

と言い捨てて、居間を出ていった。

「むっかつく……！」

込み上げてくる怒りをぶつける場所がなく、拳を握りしめたまま震える。鐵はおそるおそる紗栄を見た。

「あ、あの。私はできればお二人に、仲よくしていただきたいと思ってるのですが……」

「仲よく？　あの人と？　野生の熊と親友になれって言われた方が、まだ望みがあると思うけど」

「紗栄さま……」

鐵が困ったように笑う。紗栄は小さくため息をついた。

……琥珀といると、自分がものすごく嫌味な人間になっていくみたいだ。

朝食のあとは、途中だった荷ほどきを再開した。昼過ぎにはあらかた終わり、気分転換に散歩しようと外へ出る。

草津神社の前は国道が通っていて、しばらく道なりに歩いていくと、左手に小さな村が見える。草津村だ。人口は二百人程度で、農業で生計を立てている人がほとんどだという。村には郵便局と診療所があるだけで、コンビニも飲食店もない。さらに一キロほど歩くと、金原町《かなはらちょう》という比較的大きな町があって、そこでは日用品など大体のものが手に入る。

散歩ついでに買い物をしようと、紗栄は金原町へ向かった。

昨日は雨で陰鬱《いんうつ》な印象だった景色が、今日はまったく違って見える。空は青く澄みわたり、日差しがあたたかい。道の両脇にそびえる山は、瑞々《みずみず》しい若葉の色に染まっていて、まばらに桜の薄紅色《うすべにいろ》も見える。

名前も知らない鳥のさえずりに耳をすませながら、紗栄は目を細めた。こうして歩いているだけで、心が洗われるようだ。

「……ん?」

もうすぐ町に着くというころ、向かいから十歳くらいの少女が走ってきた。腰まである長い黒髪に、巫女《みこ》のような白い小袖と緋袴《ひばかま》という出で立ちだ。

車通りはほとんどないとはいえ、こんなところに小さな子どもが一人なんて、危なくないだろうか。心配になって見つめていると、ふと少女と目が合った。少女は一度大きく目を見開くと、意を決したように紗栄に抱きついてきた。

「えっ、な、なに？」

うろたえるが、少女は黙ったまま、紗栄の背後に隠れるように回りこむ。

――と、次の瞬間、轟音《ごうおん》とともに少女が走ってきた方の斜面から、巨大な黒い塊《かたまり》が転がり落ちてきた。

落石だろうか。いや……違う。

一トントラックはゆうに超しそうな大きさの塊を、目を凝《こ》らして見つめる。塊の表面は黒い毛のようなもので覆《おお》われていて、あちこちに木の葉や小枝がくっついている。

「ごみ……？」

もっとよく見ようと一歩足を踏みだした、そのとき。黒い毛玉がごろりと転がり、表面についていた、大きな二つの目のようなものが紗栄を見た。

毛玉はパチリとまばたきすると、紗栄たちに向かってものすごい勢いで転がってきた。

「き、きゃあああ!?」

絶叫して、とっさに少女の手を引いて走りだす。

なんだ、あの化け物は。この少女を追ってきたのだろうか。

走りながら、ちらりと少女を見る。少女は顔を青くして、怯《おび》えたように紗栄の手を握りしめている。

――考えるのはあとだ。とにかく今は、逃げないと。

「こっちに！」

少女の手を引いて、川原へ続く階段を駆け下りる。毛玉はガードレールに阻《はば》まれて、ついて来られないようだ。

ほっと息をついて、川原に下りる。なるべく毛玉と距離を取ろうと、様子をうかがいながら後ずさると、少女が石につまずいて転んでしまった。

「大丈夫？」

あわてて少女の前に膝《ひざ》をつく。怪我《けが》をしていないか見ようとして――ふと、目の前に影がさした。

振り返ると、毛玉が太陽をさえぎるように、宙に浮かんでいる。大きな二つの目がぎょろりと紗栄たちを見て、そのまま真っ逆さまに落ちてくる。

潰《つぶ》される……！

反射的に、目を閉じて両腕を突き出す。その瞬間、ぼうっとなにかが燃え上がるような音がした。

肌に焼けるような熱気を感じ、おそるおそる目を開ける。

「――なに、これ」

知らぬ間に、青い炎が紗栄と少女の周りを、円を描くように燃えていた。毛玉は炎に包まれて、川原をのたうち回っている。

「あなたがやったの？」

少女に聞いてみるが、違うと言うように首を横に振る。とまどっているうちに、紗栄たちを囲んでいた炎は消えてしまった。

毛玉を包んでいる炎はまだ燃えているが、いつ消えるかわからない。今のうちに逃げた方がいいだろう。

「立てる？」

立ち上がって差し伸べた手を、少女は小さくうなずいて握る。紗栄は少女の手を引いて、再び走り出した。

階段を上りきったところで振り返ると、毛玉は地面を転がりながらも、じっと紗栄たちを見ていた。

「あ……ぐぁ……」

小さな、くぐもった声が、毛玉から聞こえてくる。なにを言っているのかわからないが、どこかすがるような声だった。

まるで、「待ってくれ」と懇願《こんがん》しているような……。

つい立ち尽くしていると、少女が紗栄の顔をのぞきこんでくる。

「あ……ごめんね。行こう」

少女に謝ると、今度こそ、振り返ることなくその場から走り去った。


「ま、巻いたかな……？」

金原町の町並みが見えてきたところで、ようやく足を止める。全身はすっかり汗だくになっていた。

「怪我はない？」

カットソーの上に着ていたパーカーを脱ぎながら尋ねると、少女はこくりとうなずく。

「そっか。ならよかった」

少女に笑いかけて、それから自分の手のひらへと視線を移す。

あの炎。突然出てきたけれど、もしかして自分の力だったりするのだろうか。

そうだとしたら、すごい。

どきどきしながら、もう一度出せないかと、手を開いたり閉じたりする。しかし、なにかが起きる気配《けはい》はない。

少しがっかりしていると、少女が紗栄の服のすそを引っ張った。

「どうかした？」

少女の前にしゃがみこんで尋ねる。

改めて見ると、少女は真っ白な肌と少し垂れた大きな瞳が印象的な、目の覚めるような美少女だった。強《し》いていうならば、ピクリとも動かない、能面《のうめん》のような表情だけがもったいない。

少女はその能面のような顔のまま、一度深くお辞儀《じぎ》をして、歩き出す。

家へ帰るのだろうか。

しゃがんだまま見送っていると、少し離れたところで立ち止まり、振り返って紗栄を見つめてきた。不思議に思いながら、腰を上げて少女の方へ歩み寄る。

すると少女は再び歩き出し、しばらくしてまた振り返った。

「……ついて来いってこと？」

少女がそう言っているような気がして、紗栄は彼女のあとを追って歩き始めた。

それから十分ほどたったころ。周囲を田畑に囲まれた神社の前で、少女は足を止めた。

「あなた、ここの神社の子なの？」

尋ねるが、少女は黙ったまま顔をうつむけている。

「稲穂《いなほ》ーっ‼」

そこへ突然、巫女服を着た少女がもう一人、玉垣《たまがき》を飛び越えて現れた。となりの少女によく似た美少女だ。髪をポニーテールにしているところと、吊り目がちなところだけが違う。

「どこ行ってたの、稲穂！　捜したじゃない！」

少女は紗栄といた少女――稲穂の肩を摑んで、ぐらぐらと揺すった。

「あ、あなた、この子のお姉さん？」

勢いに圧倒されつつも、声をかけてみる。少女は怪訝《けげん》そうに振り向いた。

「なに、この女。人間よね？」

少女が言うと、稲穂は彼女の耳に顔を寄せ、こそこそとなにかを話しだした。

「えっ、この人に助けてもらったの？」

少女は驚いたように目を丸くして、すぐに紗栄に向き直った。

「ありがとう、妖《あやかし》からうちの妹分を助けてくれて。あたしの名前は穂積《ほづみ》。で、この子は稲穂」

明るいハキハキとした口調で言うと、穂積は「ほら、ちゃんとお礼して！」と稲穂の頭を下げさせる。

「そんな、気にしなくていいよ」

二人とも、見た目は似ているけれど、性格は正反対のようだ。

仲のよさそうな様子をほほえましく思っていると、穂積は急に紗栄の腕を摑んで、神社の方へと引っ張った。

「うちの神社、ここなの。よかったら寄ってかない？」

「え……でも、急にお邪魔したら迷惑じゃないかな」

「大丈夫、大丈夫！」

紗栄の言葉を笑って流すと、穂積は神社の中に向かって、「充《みつる》ー！」と叫んだ。

すると、向かいから袴姿の青年が足早に近づいてくる。

「穂積さん、稲穂さん見つかったんですか？」

充と呼ばれた青年は、紗栄と同じくらいの年ごろで、黒の短髪に少し気の強そうな顔立ちをしている。

「うん！　聞いてよ、充！　稲穂ってば、妖に襲われたんだって！」

「妖に⁉　大丈夫だったんですか？」

充は言って、そこでようやく紗栄に気づいたように足を止めた。

「なんだ？　おまえ」

「この人が妖に襲われてた稲穂を助けてくれたんだって！」

「こいつが……？」

じろじろと、不躾《ぶしつけ》な視線を向けられる。紗栄は若干《じゃっかん》たじろぎながらも、頭を下げた。

「桐谷紗栄です。その、助けたっていうより、ほとんど一緒に逃げてきただけなんですけど」

「この辺じゃ見ない顔だな。おまえどこに住んでんだ？」

「昨日、草津神社に引っ越してきたばかりで」

「草津神社だと？」

とたんに険しい顔をして、充がにらみつけてくる。

「あの妖神社に住んでるって、おまえ、何者だ？」

「妖神社？」

「しらばっくれるなよ。あの神社には狐の――っ⁉」

言いながら、紗栄に掴みかかろうとした充の腕を、だれかがひねり上げた。驚いて振り返った先には、不機嫌そうな琥珀が立っている。

「どうしてここに……」

「くそ、やっぱりおまえ、この狐の仲間なんじゃねえか」

充が痛そうに顔を歪《ゆが》めたまま、悪態《あくたい》をつく。

「おまえ、こいつになにをした？」

琥珀は充の腕を摑んだまま、紗栄を一瞥《いちべつ》して尋ねた。

「は？　なんの話だ」

「こいつに張った結界《けっかい》が壊れてる。……素直に言った方が身の為《ため》だと思うが？」

琥珀は握りしめた右手を、胸の高さまで上げた。拳を返して、ゆっくり開くと、手のひらに青く燃える炎が浮かぶ。

昨日も妖を追い払うのに使っていた、琥珀の炎だ。——そういえば、さっき毛玉の妖を襲った炎もこんな色だった。

「あの、こんな感じの青い炎、妖に襲われたとき急に出たんですけど、あなたのだったんですか？」

「……妖？」

問い返した琥珀に、つい先ほどの出来事を、かいつまんで説明する。琥珀は少しの間、沈黙したあと、音もなく炎を消した。

「さっさと帰るぞ」

充から手を離すと、なにごともなかったかのように踵《きびす》を返す。

「おい！　濡《ぬ》れ衣《ぎぬ》着せたことに対する謝罪はないのかよ！」

充が怒鳴ると、琥珀は嘲《あざけ》るような笑みを浮かべて振り返った。

「どうした？　急に威勢がよくなったな。あんな炎一つに震えてたくせに」

「ふ、震えてねえよ！」

顔を赤くして、充が否定する。穂積もむっとしたように頬を膨《ふく》らませて、同調した。

「そうよ、狐！　いい加減なこと言わないで！」

「穂積さん……」

「充は震えてたんじゃなくて、ちょっとびびって後ずさってただけよ！」

まったくフォローになっていない。

腰に手を当てて、自信満々に言い放った穂積を、充は頰を引きつらせながら見つめた。

「くだらない……。おい、突っ立ってないで、さっさと帰るぞ」

琥珀が紗栄を見る。

「えっ、私？」

「他にだれがいるんだ」

苛立《いらだ》ったように琥珀がにらむ。それはそうかもしれないが……。

「いや、でもなんで？　あなた、私に出ていってほしいんでしょう？」

しかも、今までの話から察するに、琥珀は紗栄に結界を張り、充からも助けようとしてくれていた。

「私を助けるなんて、なにか企《たくら》んでるんですか？　まさか恩を売って、それをダシに追い出そうとしてる……？」

「舐《な》めるな。おまえ程度を動かすのに、そんなまわりくどいことはしない」

「じゃあ、なんで助けてくれたんですか？」

草津神社に出た妖を追い払ったのは、そこが琥珀にとって『庭』だったからなはず。この場で紗栄を守る理由がわからない。

「……答える義理はない。もう行くぞ。何度も言わせるな」

「ち、ちょっと待って！」

紗栄の腕を摑んで歩き出そうとした琥珀を止める。そのとき、穂積の陰に隠れていた稲穂が飛び出してきて、紗栄の足にぎゅっとしがみついた。

「どうしたの？」

なにか言いたそうにしている稲穂を見て、穂積が駆け寄る。口元に耳を寄せて、「ふむふむ」となにかを聞くと、顔を上げて紗栄を見た。

「稲穂がまだ帰らないでって」

「え？」

驚いて、稲穂を見下ろす。すると脇から琥珀の腕が伸びて、稲穂の胸倉《むなぐら》を摑んだ。

「おいおまえ。勝手なことを言うな」

「あっ、ちょっと！」

すぐさま琥珀を押しのけ、稲穂を庇《かば》う。

「こんな小さい子どもに、なんてことするんですか！」

「小さい子ども？　この二人、俺やおまえなんかよりはるかに年寄りだぞ」

琥珀があきれたような顔になる。紗栄はまさかと稲穂を見た。

「わかってるなら、もっと敬《うやま》いなさいよ！」

穂積はむっとした様子で口をとがらせる。

「へえ、馬鹿でも長く生きるだけで偉くなれるのか。無為《むい》な時間でも過ごしてみるものだな」

「このっ……イヤミ狐ーっ！」

「ち、ちょっと待って！　全然話についていけないんだけど……」

どう見ても、十歳前後にしか見えない二人が、自分より歳上？

混乱して、穂積と琥珀の顔を交互に見る。そんな紗栄に、充は小さく息をついた。

「おまえ、視《み》えるくせになにも知らないんだな」

「……視えるって？」

問い返すと、充はもう一度深いため息をつき、神社の中へと足を向けた。

「茶、出すからうちに寄ってけ」


紗栄は充の家の神社——田辺《たなべ》神社の社務所《しゃむしょ》に通された。充の父は農業をしながら宮司《ぐうじ》を務めていて、春休みの今は、充が一人で神社の番をしているという。

住んでいる家は別にあるらしく、社務所は草津神社のものよりずっと小さい。作業部屋に給湯室がくっついたような部屋に入ると、テーブルにつくようながされた。

「——えっと、つまり稲穂ちゃんと穂積ちゃんはこの神社の神使《しんし》で、二人ともふつうの人には視えないってこと？」

お茶を用意する充の背を見ながら、今しがた聞いた話をまとめる。

ふつうの人間と同じ見た目だったからわからなかったが、二人ともう何百年も生きているのだそうだ。

ちなみに神使とは、神様に仕える動物のことで、草津神社だと狛犬《こまいぬ》の鐵がこれに当たる。

「そう。ここは水神様を祀《まつ》る神社で、稲穂さんと穂積さんの本性《ほんしょう》は蛇だ」

充が言って、どこか感心したような顔で振り返る。

「にしても、そんな、なにも知らないで、よく今までやってこれたな」

「やってきたっていうか……こんなの、ずっと視えたことなかったんだよ」

首をすくめて答える。口調が砕《くだ》けたのは、充が紗栄と同じ、今年から大学生になる十八歳だとわかったからだ。

充は紗栄に湯呑みを差し出して、目を見開いた。

「は？　急に視えるようになったってことか？」

「昔は視えてたみたいなんだけど、七年前、事故に遭《あ》って、記憶と一緒に霊力も全部なくしたらしくて。昨日ちょっと記憶が戻ったことで、また視えるようになったの」

湯呑みを受け取り、紗栄は首をかしげた。

「充は昔からずっと視えてたの？」

「そうだよー！　うちは祓《はら》い屋もやってて、みんなじゃないけど、代々視える人が多い家系なんだ！」

充の代わりに、穂積が答える。となりに座った稲穂もこくりとうなずいた。

「祓い屋？　なんかすごそうだね」

「俺からすれば、妖と一緒に暮らしてるやつの方が、よっぽどすごいと思うけどな」

充が半目になって、紗栄の後ろに視線を向ける。振り返ると、琥珀が一人掛けのソファに座って、部屋に置かれていた本を勝手に読んでいた。まるで自分の家のようなくつろぎっぷりだ。

「充は、琥珀のことは祓おうとしないんだね」

「なんだ、祓ってほしいのか？」

問われて、一瞬返事に迷う。

正直、琥珀のことは苦手《にがて》だ。嫌味っぽくて、偉そうで、そのうえなにを考えているのかさっぱりわからない。

けれど、二度も妖から助けてくれた。

ちらりと琥珀をうかがうと、さっきと変わらない姿勢で本を読んでいる。こちらの話を聞いているのかいないのか、わからないが、どちらにせよ興味はなさそうだ。

「……ううん、いい」

紗栄が首を横に振ると、充は「ふうん」とそっけなく答えて、椅子に座った。

「まあ、頼まれても俺には祓えないけどな」

「どういうこと？」

きょとんとすると、充はお茶を一口飲んで口を開いた。

「そいつはどうしてか、草津神社の神様に気に入られてたみたいだからな。下手《へた》なことして、よその神様の怒りを買いたくない」

「充、ヒサギさまのこと知ってるの？」

「あ？　まあ、会ったことくらいはあるけど……」

さらりと答えた充の言葉に、息をのむ。

「ヒサギさまって、どんな方なの？　最後に会ったのはいつ？　今どこにいるのか知らない？」

矢継ぎ早に尋ねると、充は驚いたように目を丸くする。

「は？　あの神様、どっか行ったのか？」

「――おい」

それまで我関せずという態度を取っていた琥珀が、本を閉じてこちらを向いた。

「ヒサギの問題には、首をつっこむなと言っただろ。よけいなことはするな」

「なんでそんなに嫌がるんですか。捜すなら大勢で捜した方がいいでしょ？」

「数だけ増えても邪魔なだけだ」

吐き捨てるように言った琥珀にむっとして、体ごと向き直ろうとする。しかし、それを止めるように充に腕を引っ張られた。

「ちょっと待て。ヒサギさまがいなくなったってのは、事実なんだな？」

「……うん」

真剣な顔で尋ねた充にうなずく。振り返らなくとも、雰囲気で琥珀がにらんでいるのがわかったが、紗栄は構わず充に問いかけた。

「なにか知らない？　二年前にいなくなってから、ずっと帰ってないらしくて」

「いや、悪いけど俺はなにも知らない。最後に会ったのも小学生のころだし。……最近、妖が増えたとは思ってたけど、それが原因だったんだな」

「そっか……」

なにか手掛かりがあれば、鐵が喜ぶと思ったのだけれど。

がっかりしていると、突然背後から腕を掴んで立ち上がらされた。

「ヒサギの件で、おまえにできることはなにもない。もう帰るぞ」

「ち、ちょっと、離して！」

抵抗するが、琥珀は紗栄の腕を掴んだまま歩き出す。なんとか踏みとどまろうとしていると、稲穂が立ち上がり、引き止めるように紗栄のカットソーを掴んだ。

「なんのつもりだ。いいかげん、気はすんだだろ」

琥珀が眉をひそめると、稲穂はびくりと肩を震わせた。しかし、手を放そうとはせず、紗栄を見上げてくる。

「ソノエさまなら、わかるかも……」

鈴の鳴るような声が、稲穂の口からこぼれる。紗栄は目を瞬《しばたた》かせた。

「ソノエさま？」

「うちの、神様。……会いに、いく？」

稲穂の言葉にぎょっとする。

「稲穂さん！」

「稲穂！」

固まっていると、充と穂積が血相を変えて立ち上がった。稲穂に駆け寄ると、紗栄から引き離す。

──当然か。神様になんて、簡単に会えるはずがない。

若干怖気《おじけ》づいていた紗栄は、こっそり胸をなでおろした。

「偉いよ、稲穂！」

「なんてめでたい日なんでしょうか！　人前でしゃべるなんて、何年ぶり!?」

穂積と充は稲穂の手を取ると、興奮したように騒ぎだした。

「今日は赤飯にしましょうね！」

「えっ、そっち？」

「……馬鹿しかいないのか。行くぞ」

心底あきれたように言って、琥珀が紗栄の腕を引く。そこへ穂積が回りこみ、両腕を広げて立ち塞《ふさ》がった。

「待って！　あの稲穂がしゃべったんだから、今日は特別。ソノエさまに会わせてあげるよ」

「本当に？」

思わず聞き返した紗栄に、充もうなずく。

「まあ。穂積さんが言うなら、俺は構わない」

「ほら、紗栄！　ぼーっとしてないで早く来て！」

とまどいながらも、穂積に急《せ》かされて部屋を出る。怒って帰ってしまうかと思ったが、琥珀も仏頂面《ぶっちょうづら》のまま後ろをついてきた。

「穂積さん、一度、手水舎《てみずしや》へ寄りましょう」

社務所を出ると、充が穂積に声をかけた。

「あ、そうだね。禊《みそぎ》をしないと」

「禊？」

「神社へ参拝に来たら、手水舎で手を洗って、口をすすぐだろ。あれは、簡略化した禊なんだ。本来なら全身を清めるべきなんだけど、時間がかかるから」

首をかしげた紗栄に、充が教えてくれる。

「禊が終わったら、ソノエさまのいらっしゃる本殿へ行く。拝殿に入ったら、いいと言われるまで黙って頭を下げてろよ。穂積さんの言うことをよく聞いて、よけいなことはするな」

「わ、わかった」

　これから、本当に神様に会うのだ。そう実感して、つい動きが硬くなってしまう。

「そんなに緊張しなくても大丈夫だよ！　かたちは大切だけど、一番大切なのは神様を敬う心の方だからね」

　励ましてくれる穂積に笑い返そうとするが、引きつった笑みしか浮かばない。

　手水舎をあとにすると、紗栄たちは拝殿へ向かった。そこで準備があるからと、紗栄は一人待たされることになる。

　充に言われたとおり、頭を下げたままじっとしているが、なかなか戻ってこない。紗栄は視線だけ動かして、琥珀のいる方を見た。

　琥珀はソノエに会う気がないのか、充に待てと言われる前から、拝殿前の階段に一人で座っていた。日の光に当たった琥珀の髪色は、昨日より明るく見える。

なんて言うんだっけ。茶色じゃなくて、あの色は――。

「紗栄、もう入っていいよ」

不意に声をかけられて頭を上げると、穂積が手招きしている。紗栄はうなずいて、奥の幣殿《へいでん》と呼ばれる板の間へと進んだ。本殿の扉は閉ざされていて、その前にある階段の正面には、一辺が一メートルくらいの、薄い畳のような正方形の敷物が置いてある。

穂積に指示された場所で正座すると、本殿の扉に向かって斜め左に座っていた充が頭を下げて、腰を上げる。いろいろと作法があるのか、膝をついたまま後《あと》ずさりしたり何度も頭を下げたりしたのち、稲穂から白い手紙のようなものを受け取って、敷物の上に座った。二度礼拝して、手に持っていた笏《しゃく》を置くと、充は稲穂から受け取った紙を広げる。

そこで、となりに座っていた穂積が紗栄の腕を指で突いた。目くばせされて、あわてて穂積と同じように深く平伏《へいふく》する。

「掛《か》けまくも畏《かしこ》き田辺神社の大前に、乃木《のぎ》充、恐《かしこ》み恐みも白《もう》さく――」

祝詞《のりと》というのだろうか、充が厳《おごそ》かな空気のなか、奏上《そうじょう》する。それが終わると穂積が頭を上げたので、ならって紗栄も姿勢を戻した。

充の方へと顔を向けると、本殿の扉の前に、いつの間にか長身の女性の姿があった。内から輝いているような、淡い光に包まれた、儚《はかな》げで美しい女性だ。艶《つや》やかな黒髪は膝裏辺りまであり、白や水色の衣《ころも》を何枚も重ねて着ている。

「おひさしぶりでございます」

充が女性に向かって、うやうやしく頭を下げる。

「ソノエさま！」

穂積と稲穂は立ち上がって、その女性――ソノエに駆け寄った。ソノエは三人を見て、ふわりと花が綻《ほころ》ぶような笑みを浮かべる。

「ひと月ぶりでしょうか。みなさん、元気にしていましたか？」

「はい！　もちろんです！」

ソノエは優しい笑みを浮かべたまま、穂積と稲穂の頭をなでて、紗栄の方を向く。

「ところで、今日はどうしたのですか？　珍しくお客人がいらっしゃっているようですけれど」

ぼうっとソノエを見つめていた紗栄は、目が合った瞬間、跳《は》ねるような勢いで頭を下げた。

「は、はじめまして、桐谷紗栄と申します！　あの、本日はソノエさまにおうかがいしたいことがあり……っ！」

「そう緊張せずともよいのですよ」

くすくすとソノエが笑う。

そんな無茶な、と思いつつも、紗栄はかしこまってうなずいた。

「それで、聞きたいこととはなんでしょう?」

ソノエは紗栄に近づきながら、優しい表情で尋ねる。紗栄はゴクリと生唾《なまつば》をのんだ。

「実は、私の住む草津神社の神様であるヒサギさまが、お姿を消されたそうで……。ソノエさまは居場所をご存知ないでしょうか?」

期待と不安に満ちた瞳で見つめると、ソノエは顔から笑みを消して口を閉ざした。目をふせて、つかの間沈黙したのち、紗栄へ視線を戻す。

「すみません、私にはヒサギの居場所はわかりません」

「……そうですか」

神様だからといって、なんでもわかるわけではないのか。

落胆《らくたん》を隠しきれず、紗栄はうつむいた。するとソノエが目の前に膝をつき、紗栄に手を伸ばした。ソノエのやわらかな手がそっと、紗栄の頬を包む。

「居場所はわかりませんが、ヒサギがまだこの世に存在しているのはたしかです。……大丈夫、そのときが来ればきっと会えますよ」

「ソノエさま……」

間近に迫った美しい顔と優しく労《いたわ》るような声音《こわね》に、頬が熱くなる。つい見惚《みと》れてしまっていると、突然、外にいたはずの琥珀が幣殿に入ってきた。足早に歩み寄り、紗栄とソノエの間に割りこむ。

「放せ。いつまで触ってる」

乱暴にソノエの腕を払った琥珀に、紗栄は青ざめた。

「なっ、なにするんですか！　頭おかしいんじゃないですか⁉」

「うるさい黙れ」

琥珀はうっとうしそうに眉を寄せるだけで、まったく悪びれた様子がない。

「す、すみません、ソノエさま！」

琥珀の代わりに必死で頭を下げると、ソノエはおかしそうに笑った。

「いいのですよ。それより、よければ私と琥珀を二人きりにさせてくれませんか？」

「えっ、こいつとですか⁉」

予想外の言葉に、充も声を上げる。

「こいつは妖です！　ソノエさまになにか危害を加えるかも……」

「心配は無用ですよ。さあ穂積、稲穂。二人と外へ」

「はーい！　ほら、行くよ！」

穂積と稲穂が充の腕を摑んで歩いていく。そうなると紗栄も出ていかざるを得ず、充たちに続いた。

拝殿を出ると、穂積が前方を指さして声を上げた。見ると、作業着を着て首に手ぬぐいを巻いた中年の男が、参道を歩いてくるところだった。

「あーっ！　見て、充！」

「父さん」

充が軽く手を上げて呼ぶと、視線をこちらに向ける。

「これは、かわいらしいお客さまだね。どうしたんだ？」

「俺が連れてきたんじゃない。稲穂さんの客だよ」

充が答えると、充の父は目を見開いて紗栄を見た。

「稲穂さんの……ということは、きみは視えるのか」

「父さんは、俺たちとは違ってぼんやりとしか視えないんだ」

となりの充が補足する。

だからさっき、穂積の声に反応しなかったのか。

「えっと、はじめまして。桐谷紗栄です。昨日、となり村の草津神社に越してきました」

紗栄が頭を下げると、充の父は顔を曇らせる。

「あなたは妖も視えるんですか？　視えるようになったのはいつから？」

「え？　えっと、昨日から急にですけど……」

視えると問題でもあるのだろうか。とまどっていると、充の父はなんでもないと言うように首を横に振った。

「いや……妖が視えるなら、危ないこともあるんじゃないかと思っただけです」

そう説明すると、気を取り直したようにほほえんで、お辞儀する。

「はじめまして、充の父です。稲穂さんとはどうして知り合いに？」

尋ねられて、紗栄はこれまでのいきさつを手短に話した。話を聞き終えた充は、あきれたように紗栄を見る。

「おまえ……、稲穂さんを助けてもらったことには感謝してるけど、対抗する力もねえくせに、よく首つっこんだな」

「まあ……。あのときは必死で」

笑いながら答えると、充はじろりと紗栄をにらんだ。

「笑いごとじゃねえぞ。妖は基本的に危険なもんなんだ。今後はうかつに近寄るんじゃねえ」

「う、うん……」

「言っとくけど、琥珀も同じだからな。なにかあったらすぐに知らせろ。どうにかして祓う方法考えるから」

　充の言葉に、胸がざわつく。

「ねえ、その『祓う』って具体的にどういう意味なの？　まさか殺すわけじゃないよね……？」

　琥珀は苦手だし、一緒に暮らすことになっているのは不本意だ。けれど、さすがに死んでもいいとまでは思わない。

「妖によるな。退治することもあるし、封印《ふういん》したり、追い払うだけのこともある。琥珀はまあ、今のところそこまで害があるわけじゃねえから、よっぽどのことがない限り退治はしねえけど」

「そっか……」

　思わずほっと息をつく。

「……まさかおまえ、妖の心配なんてしてんじゃねえだろうな」

　とっさに言葉に詰まると、充は腕を組んでため息をついた。

「あのな、妖と人間は決して相容《あいい》れない存在なんだ。あいつはヒサギさまとも関わりがあった妖だから、一緒に暮らそうがなにも言わないけど、それでも簡単に信用するんじゃねえよ」

「……わかってる」

あんな乱暴で口の悪いやつ、頼まれたって信用するわけがない。

まあ、二度も助けてくれたし、少しは感謝してるけど……。

考えていると、胸のなかがもやもやしてくる。

「あの……私そろそろ帰るね」

「ええっ、もうちょっとゆっくりしていきなよー！」

穂積が不満そうに口をとがらせる。稲穂も顔には出さないものの、引き止めるようにまた、紗栄のカットソーを摑んだ。

「ごめんね、でも鐵も待ってると思うし……」

紗栄が答えると、充の父が、

「でしたら、少しだけ待っていてください。うちで採れた野菜や漬物なんかを持ってきますから」

と言って、止める間もなくその場をあとにした。

琥珀はまだソノエといるのだろうか。

拝殿の方へ顔を向けるが、琥珀の姿は見当たらない。

助けに来てくれたようだし、一応、声くらいはかけて帰ろう。紗栄は充たちに別れを言って、拝殿へ足を向けた。

途中、参道の脇にとぐろを巻いた二匹の蛇の像が置かれているのに気づく。一匹は元気よく首をもたげてこちらを見ていて、もう一匹はその陰に隠れるようにしてうつむいている。前者が穂積で、後者が稲穂だろうか。思わずくすりと笑って――ふと、草津神社の狛犬の像を思い出した。

草津神社の狛犬の像も、二つある。それなら穂積と稲穂のように、鐵の他にもうひとり神使が――。

「い……っ」

突然、針で刺したような鋭《するど》い頭痛に襲われた。痛みはなかなかおさまらず、こめかみを押さえたまま、その場にうずくまる。

しばらくして頭痛がおさまってきたころ、幣殿の方から、苛立ったような琥珀の声がもれ聞こえてきた。

またなにか、ソノエに乱暴なことをしていないだろうか。

心配になり、紗栄は気づかれないようこっそり、中をのぞいてみた。琥珀とソノエは向かい合って立ち、小声でなにかを話している様子だ。

「――あまり時間はないのでしょう。少しは素直になったらどうですか？」

琥珀より数センチ背の高いソノエが、身を屈《かが》めてささやく。それからそっと目を閉じて、琥珀と唇を合わせた。

目の前の光景に、一瞬思考が停止する。口をポカンと開けたまま、見つめて――

あわててその場をあとにした。

驚いた。二人はそういう関係だったのか。神様は恋愛なんてしないと勝手に思っていたのだけれど……。

拝殿を出て、参道を歩きだしても、まだ心臓はうるさく鳴っている。

琥珀もだ。あんな不愛想《ぶあいそう》な性格だから、だれかを好きだなんて想像もしなかった。

「まあ、私には関係ないけど……」

動揺している自分に、言い聞かせるようにつぶやく。神社の外へ出ると、タイミングよく充の父が現れた。腕に大きなダンボール箱を抱えている。

「ちょっと量が多くなってしまって……。重いと思うので、よかったら車で送ります」

「いえ、大丈夫です。いただいたうえに、ご迷惑おかけできませんし、それに、そんなに遠くないですから」

紗栄は笑って箱を受け取るが、予想以上の重さにふらついてしまった。

「やっぱり送ります。家はここから歩いて五分くらいの場所なので……」

充の父が苦笑して、紗栄の持つダンボール箱に手を伸ばす。しかしそれより早く、後ろから腕が伸びて、箱を奪い取った。

振り向いた先には琥珀がいて、軽々とダンボール箱を抱えたまま、歩き出してしまう。

「えっ、ち、ちょっと待って！」

呼び止めるが、琥珀が足を止めることはない。

「すみません。あの、野菜ありがとうございました」

頭を下げると、充の父はほほえんで手を振る。

「お気をつけて。……なにかあったら、いつでも来てください」

町を出たところで、琥珀に追いついた。微妙な距離を置いたまま、後ろをついて歩く。

不愛想で、口を開けば嫌味や暴言ばかりで。それなのに、どうして荷物を持ってくれたり、危険な目に遭っていたら助けてくれたりするのだろう。

気になることはたくさんあるのに、なんとなく声をかけづらい。

「あっ、紗栄さま、琥珀さま！　おかえりなさいませ！」

草津神社の前まで来ると、鐵が出迎えてくれた。ようやく気まずい空気から解放されて、ほっとする。

「おかえり、紗栄」

「おかえり」

「わっ⁉」

突然、鐵の足元から子どものたぬきが現れて、口々に挨拶し始めた。驚きながらも、しゃがみこんでまじまじと見つめる。子だぬきの目は金色で、頭には冠《かんむり》をかぶったような緑の紋様《もんよう》があった。おそらく妖なのだろう。……というより。

「この声って……」

昨日、草津神社の最寄りのバス停で降りたとき、聞こえた声と同じだ。あのときは空耳《そらみみ》だと思ったのだけれど、声の主はこの妖たちだったのか。

「彼らは昔から神社周辺で暮らしている妖です。紗栄さまのことも、知っているのですよ」

鐵が説明すると子だぬきたちが紗栄の足元へ寄ってくる。

「ひさしぶり、紗栄」

「ひさしぶり。むかし、いっしょにあそんだ」

子だぬきたちの言葉に、鐵が笑顔でうなずく。

「懐《なつ》かしいですねえ。八年くらい前でしょうか、夏にみんなで近くの川原へ行って遊びました。紗栄さまは覚えてますか？」

尋ねられて、紗栄はうつむいた。

「……ううん、知らない」

「でしたら今度行ってみましょう。なにか思い出すかもしれませんし、今の時期は桜が咲いてきれいですので」

鐵が言って、くすりと笑う。

「そういえば、紗栄さまが小学二、三年生の春、一緒にその川原へ行きましたが、紗栄さま、桜に見惚《みと》れて川で転んでしまったんですよ。幸い怪我はなかったですが、新品の服を着ていたので、あとでずいぶん怒られて……」

楽しそうに鐵が思い出話をする。紗栄は苛立ちながらそれを聞いていた。

朝にもあれこれ知らない思い出話をされたばかりで、どうしてまたこんな話を聞かされないといけないんだ。

だから、知らないって言ってるのに。

「そう。私は知らないけど」

相槌《あいづち》を打つ声にも棘《とげ》が混じる。しかし鐵は気づかず、ぱっと顔を輝かせて手を打った。

「そうです！　これは覚えてますか？　紗栄さまが小学五年生のときに……」

また知らない話を始めた鐵に、紗栄はこらえていたものがあふれ出すのを感じた。

「だから、知らないんだってば！」

思わず叫んで、強く拳を握る。

みんなみんな、そうやって何度も、いつまでも、私の知らない『紗栄』を押しつけてくる。

もう、うんざりだ。

「そんな話されても、私にはわからない。私は知らないの！」

「紗栄さま……」

驚いたように鐵が目を見開く。紗栄は踵《きびす》を返して歩き出した。背後から呼び止めるような声が小さく聞こえたが、無視して森の中へ続く小道に足を踏み入れる。

故郷を離れて、過去の人間関係を捨てて、やっと一からやり直せると思ったのに。結局、昔の自分を知っている人たちに囲まれて、同じことを繰り返している。

しばらくすると、川の流れる音が聞こえてきた。鬱蒼《うっそう》としていた茂みを抜けたとたん、視界が広がる。

現れたのは、底が透けて見えるほどきれいな川と、川に沿うように並んだ満開の桜並木だった。美しい景色に、思わず立ち止まって見惚れる。

もしかして、この川原がさっき鐵の言っていた場所なのだろうか。

川原に下りて少し歩くと、座るのにちょうどよさそうな岩を見つけた。そこに腰掛けて、ぼんやりと景色を眺める。

怒りはいつの間にかおさまっていた。代わりに、苦い罪悪感だけが胸に残っている。

両親とも、幾度となくこんなやりとりをした。最初は中学一年生の秋——忘れもしない、記憶をなくしてから二度目の誕生日のことだ。

一度目の誕生日は記憶をなくしたばかりで、誕生日とすら知らないまま過ぎてしまっていたから、その日は自分にとって初めての誕生日とも言えた。学校から帰ると、母はごちそうをたくさん作ってくれていて、父もケーキを買って、いつもより早く仕事から帰ってきてくれた。

記憶のない紗栄にとって、両親はどうしても、よくしてくれるおじさんとおばさんとしか思えず、「お父さん」「お母さん」と呼んだことすらない。それでも、二人に祝ってもらえるのはうれしく、これからうまくやっていけるかもしれないと思っていた。

誕生日プレゼントとして渡されたものを見るまでは。

「これ、毎年あなたにあげてたんだけど……覚えてない？」

期待と不安の入り混じった表情で、一冊の本を差し出してきた両親。本はシリーズものの最新刊だった。

そのシリーズのことは、部屋の本棚に並んでいたから知っていた。しかし、内容に覚えはない。

当然だ。その本を今まで買ってもらって読んでいたのは、自分ではなく、記憶をなくす前の桐谷紗栄なのだから。

渡された本と両親の顔を見ながら、紗栄は悲しみとも失望ともつかない感情が込み上げてくるのを感じていた。

二人が祝っていたのは自分ではない、記憶があったころの紗栄だったのだ。

「こんな本、私は知らないし、いらない」

渡された本を突き返して、誕生日の夜は最悪な雰囲気のまま終わってしまった。

両親にも鐵にも、悪気《わるぎ》がないのはわかっている。だけど、どうしても苛立ってしまうのだ。

傷つけたいわけじゃない。できることなら、周りの人たちとうまくやりたい。それなのに、なぜ毎回こうなってしまうのだろう。

覚えていない自分が悪いのだろうか。記憶を取り戻せば、すべてうまくいくようになるのだろうか。

――でも、私は思い出したくない。

鐵を思い出せたことはうれしかった。けれど、記憶の奥底に、なにか恐ろしいものが潜《ひそ》んでいる気がしてならないのだ。

それから、どれくらいたったころだろうか。気づけば空模様が怪しくなってきていた。

雨が降り始める前に、社務所へ帰った方がいいだろう。

考えながらも気が重く、なかなか立ち上がれない。そうこうしているうちにパラパラと雨が降りだしてしまった。

今は小雨《こさめ》だが、山の天気は変わりやすいと言うし、いい加減帰らなければ。

「紗栄さま」

立ち上がろうとしたところで、背後から声をかけられる。振り返ると、傘を差した鐵と琥珀がいた。

「あの……先ほどは申し訳ありませんでした！」

手に持っていたもう一本の傘を差し出して、鐵が頭を下げる。

「紗栄さまはずっと記憶のないまま過ごされていたのに、配慮が足りておりませんでした」

謝る鐵は耳も尻尾《しっぽ》も垂れて、見るからに落ちこんでいるのがわかる。

「……ううん。私もつい感情的になっちゃって、ごめん」

首を横に振って、鐵から傘を受け取る。

「迎えにきてくれて、ありがとう」

紗栄が言うと、鐵がおそるおそる顔を上げる。ぎこちなくなりながらも笑ってみせると、鐵もほっとしたようにほほえんだ。

「それにしても、よく私がここにいるってわかったね」

天気が悪くなったのはそれほど前ではないから、二人はほとんど迷わずまっすぐここまで来たことになる。

疑問に思って聞くと、鐵が振り返って琥珀を見た。

「琥珀さまが紗栄さまの霊力をたどって、案内してくれたのですよ」

その言葉に、琥珀は不本意そうに顔をそらす。

田辺神社に来たときも、同じように霊力をたどってきたのだろうか。

「そういえば、あなたなにか用があったんじゃなかったんですか？」

「用？　なんの話だ」

答えようとして、はっと口をつぐむ。ソノエに「あまり時間はないのでしょう」と言われていたことを話すと、盗み聞きしていたことがバレてしまう。

「い、いいえ、なんでもないです。それより……捜してくれて、ありがとうございました」

「鐵の頼みをきいてやっただけだ。おまえのためじゃない」

案の定というか、そっけない返事が返ってくる。紗栄は苦笑いして、鐵に顔を向けた。

「あのね、昨日言ってた神様捜しの件だけど、できる範囲でなら協力するよ」

「おい」

「い、いいのですか⁉」

琥珀が顔をしかめ、一方で鐵が目を輝かせる。紗栄は鐵にうなずいてみせた。

「たいしたことはできないと思うけど……」

田辺神社から帰る道中、今日ソノエに会って聞いたような簡単な手伝いなら、やってもいいかもしれないと考えていたのだ。

「おまえ、今日も妖に襲われたこと、忘れたのか？」

「妖に襲われたのはふつうに散歩してたときで、神様捜しをしてたからじゃないです。それとこれとは関係ありません」

答えた紗栄を、琥珀が無言でにらんでくる。うろたえる鐵を挟んで火花を散らしていると、やがて、琥珀がため息をついて視線をそらした。

「ヒサギ捜しについてはともかく。おまえがここで暮らすことは、認めてやってもいい」

「え……本当ですか？」

そもそもどうして琥珀の許可がいるのか、という点は気になるが。あれだけ「出ていけ」を連発していたのに、どういう心境の変化だろう。

「──その代わり」

琥珀が紗栄に歩み寄り、手を伸ばしてくる。紗栄の顎《あご》を摑んで上向かせると、ぐっと顔を近づけてきた。

鼻先がぶつかりそうな至近距離に、思わず息をのんで固まる。

「おまえ、俺のものになれ」

「……は？」

一瞬あっけに取られるが、すぐに琥珀の手を振りほどいて距離をとる。

「い、いきなりなにして……⁉　というか、あなたのものにって、なに言って……」

混乱でうまく言葉が出てこない。顔が異様に熱くなり、差していた傘を両手で握りしめた。

琥珀はあきれ顔で腕を組む。

「妙な意味にとらえるな」

「……なら、わかるように説明してください」

紗栄がにらむと、面倒そうに息をつく。

「ここにいる間は俺の言うことを聞け。それと、おまえの霊力を寄こせ」

「霊力を？」

「さっき鐵が霊力をたどってきたと説明しただろ。霊力っていうのは、常に身の内から滲《にじ》み出ているものなんだ。それを俺に渡せ。おまえの霊力はそれなりに質がいい」

「はあ……？　よくわからないですけど、欲しいならどうぞ」

体の外に出ているものなら、取られてもきっと害はないのだろうし。

「でも、あなたの言うことを聞けっていうのは――」

言いかけた言葉が途切れる。気づくと再び紗栄の目の前に、端正《たんせい》な琥珀の顔があった。

琥珀はゆっくりと目を閉じて、紗栄にキスをする。呆然《ぼうぜん》としている紗栄から離れると、不敵《ふてき》な笑みを浮かべた。

「おまえの霊力、たしかに頂いた」

紗栄の顔がみるみるうちに紅潮していく。すばやく飛び退《の》くと、持っていた傘を投げつけた。琥珀はそれを、片手で簡単に受け止める。

「な、ななななにするんですか！　ありえない！　最低！」

「自分が許可したんだろ」

紗栄に傘を押しつけて、琥珀は神社の方へと歩きだしてしまう。

まさかこんな嫌がらせに出るとは。少しは歩み寄る気になったのかと思ったが、違ったらしい。

怒りに震えながら、唇を手の甲でぬぐう。そこでふと、そばに立つ鐵のことを思い出した。鐵は紗栄と目が合った瞬間、顔を真っ赤にして明後日《あさって》の方を見た。

「だ、大丈夫です！　私はなにも！　一切！　まったく！　見ておりませんでしたから！」

紗栄は傘を持ったまま、がっくりとうなだれた。

二章　還らざるときを想って

「――よし」

午前七時、部屋にある姿見の前に立った紗栄《さえ》は、少し前髪を直してほほえんだ。新品のスーツに身を包み、髪はハーフアップにまとめている。

草津《くさつ》神社で暮らし始めてから、早いもので一週間がたった。今日は大学の入学式だ。

最後に持ち物の確認をしてから、鞄を持って部屋を出る。居間に鞄を置き、台所へ行くと、ちょうど鐵《くろがね》が朝食の支度《したく》を始めようとしていたところだった。社務所《しゃむしょ》へ越して来てから、ご飯は一緒に作るようにしている。

いつものように挨拶《あいさつ》をして冷蔵庫を開けると、赤い蓋《ふた》のタッパーがいくつか目に入る。

「充《みつる》のお父さんにもらったこれ、もうなくなっちゃうね」

タッパーを手に取って、つぶやく。中には漬物や日持ちのしそうなおかずがぎっしり入っていたのだが、今はほんの少ししか残っていない。

「そうですね。おいしかったのですが」

鐵も残念そうにうなずく。紗栄は中身を皿に移しながら、充の父にそれをもらったときのことを思い返していた。

漬物もおかずもおいしかったのだが、あのときのことで、一つ、不思議に思うことがあった。

タッパーは一つひとつ、丁寧《ていねい》に新聞紙で包んであったのだが、一体いつの間にその作業をしたのか、ということだ。

充の父は神社から家まで歩いて五分ほどだと言っていたが、ダンボールを取って戻ってくるまで、十分もたっていなかった。荷物を詰める時間を考えると、走ったとしてもどうしても間に合わない気がする。

充の家は祓《はら》い屋だそうだし、充の父もなにか不思議な力が使えて、おかげであんな早業《はやわざ》ができたのだろうか？

「どうかしましたか？」

いつの間にか手が止まってしまっていたらしい。鐵がいぶかしげに顔をのぞきこんでくる。

紗栄は「なんでもない」と首を横に振って、空になったタッパーを流しに置いた。

朝食を食べ終わり、食器を台所に運んでいると、琥珀《こはく》が近くの部屋から出てきた。いつもは着流し姿だが、今日は糊《のり》のきいたものをきっちり着付けて、羽織《はお》りまで着ている。

「どうしたんですか、その格好」

「入学式というのは、身なりを整えて出るものなんだろう」

「それはそうで……って、入学式⁉」

「朝っぱらから大声を出すな。うるさい」

琥珀が眉を寄せて耳を塞《ふさ》ぐが、構わず詰め寄る。

「だって、どういうことですか？　保護者として参列するってこと？」

「違う。俺も大学に通うんだ」

うっとうしそうに答えて、琥珀が歩き出す。あわてて、そのあとを追った。

「なっ、なんでですか？　というか、あなたふつうの人に視《み》えるんですか？」

「俺を低劣な妖《あやかし》と一緒にするな」

不快だと言わんばかりに、横目でにらまれる。

「そ、それならどうやって！　入学手続きとかしてないですよね？」

「その辺の霊力もない人間なら、寝てても騙《だま》せる」

「騙すって、それ犯罪じゃないですか！」

この男に遵法《じゅんぽう》精神を求めるのも、無理な話かもしれないが。こんな性格で、どうしてヒサギやソノエといった神様と親しくなれたのだろう。

「お二人とも、どうかされたのですか？」

台所で言いあっていると、鐵がやって来て首をかしげた。ふさふさの尻尾《しっぽ》も同時に、同じ方向に傾く。

「鐵もなにか言ってやってよ。この人、自分も大学に通うって言い出して」

「そう言われましても……。私はついて行っていただきたいと思っていましたので」

「ええっ、なんで⁉」

助け船を求めたつもりだったのに、まさかの裏切りだ。

鐵は眉をハの字にして、紗栄を見上げる。

「紗栄さまは霊力を少し取り戻されましたが、まだ完全ではありません。中途半端な霊力は、悪い妖に目をつけられやすく、かえって危険なのです」

たしかに、すでに二度も妖に襲われている。

霊力についても、最初の数日は昔の記憶を夢に見ていたが、最近はなにも思い出さなくなっていた。記憶と連動しているそうだから、おそらく霊力は増えていないのだろう。

紗栄としては、思い出さなくなったことに安堵《あんど》していたのだが。

「今の紗栄さまにとって、社《やしろ》の外は安全とは言えません。私もついていきたいくらいですが、社を長時間、空にするわけにもいかず、仕方なく残るのです。どうかご理解ください」

深々と頭を下げられ、紗栄は苦《にが》い顔で黙りこんだ。

鐵は心から紗栄の身を案じてくれている。それを『琥珀のことが嫌だから』という理由で断るのは、わがままのような気がした。

諦《あきら》めて息をつくと、重い口を開く。

「わかった、この人がついてくるのはいいことにする。——ただし！」

振り返って、琥珀をにらむ。

「その格好はやめてください」

「どうして」

琥珀は怪訝《けげん》そうに眉を寄せる。

「目立つからに決まってるじゃないですか。新入生はスーツが基本なんです」

これからはごくふつうの学生として大学生活を送るのが目標なのに、初日から無意味に注目されたくない。

「だれが着るか、あんな窮屈そうなもの」

「そんなこと言うなら連れていきませんけど」

「もとからおまえに連れられる気はない」

ふんとそっぽを向いた琥珀に、紗栄は顔をひきつらせた。

「それじゃあ勝手にどうぞ！　代わりに、私に近づかないでくださいよ」

二人に背を向けて、台所を出ていく。居間へ鞄を取りに戻ると、玄関へ向かい、社務所を出た。

四月に入ったとはいえ、この時間の山間《やまあい》はまだ肌寒い。参道は朝の光をまとった霧《きり》に包まれて、ぼんやり輝いているようだ。

目を閉じて息を吸いこむと、澄みきった空気が胸に広がる。

なんて清々《すがすが》しい朝だろう。

「立ったまま寝てるのか？　置いてくぞ」

――この男さえいなければ！

いつの間にかそばに立っていた琥珀を無視して、足早に歩き出す。

バス停に着くと、腕時計で時間を確認した。少し待てばバスは来るだろう。

「……ところで、あなたお金持ってるんですか？」

ふと気になって、少し離れた場所に立つ琥珀に尋《たず》ねる。琥珀は持っていた分厚い本を開いてみせた。

ページの間には五千円札が一枚挟まっている。

「照栄《しょうえい》のへそくりは、家のそこら中にあるからな」

「返してください。それが祖父のお金なら、あなたに使う権利はないはずです」

怒気を浮かべた顔で手を差し出すと、琥珀は本を閉じて近づいてきた。

思わずたじろいで、手を引っこめようとするが、それより早く、琥珀が腕を摑んだ。

「忘れたのか？　おまえは俺のものだと言っただろ」

まっすぐに目を見つめられて、とっさに言葉に窮する。

「つまり、おまえのものもすべて俺のものってことだ」

「き、昨日の話なら嫌ですからね！　断固拒否です！」

「残念だが、もう決まったことだ」

そう言って腕を放すと、タイミングよく来たバスに乗りこんでいく。紗栄はそのあとに続きながら、じっとりと琥珀の背をにらんだ。

「ほんっとに自己中心的ですね」

「善人ぶって他人を優先させてるやつよりは、気色《きしょく》悪くないだろ」

そんな風に思うのは、琥珀のようなひねくれ者だけだ。内心つっこみながらも、これ以上、不毛《ふもう》なやりとりを続けるのが嫌で口を閉じた。

バスの中は、紗栄たちの他に乗客がいない。琥珀が中ほどの席に座ったので、紗栄は前方の一人掛けの席に座った。

バスが動き出して、しばらくすると、金原町《かなはらちょう》でだれかが乗りこんでくる。

「ねえ、充！　やっぱり髪結び直して！」

「いいですけど、どうせ穂積《ほづみ》さんのこと視える人なんていませんよ？」

どこか聞き覚えがある声に、振り返る。そこにはスーツ姿の充と、髪を下ろした穂積がいた。

「あれ？　どうしたの、紗栄」

こちらに気づくなり、穂積が目を丸くする。

「大学の入学式に行くところだよ。二人は？」

「俺たちもだよ」

充はまっすぐ歩いてくると、紗栄の座る座席の横に立った。穂積は通路を挟んだとなりの座席に座る。

「まさか、おまえも宗徳《そうとく》大学に入学すんのか？」

「うん、宗教学部神道科」

「学科まで一緒かよ。——で、なんであの狐もいるんだ」

充が琥珀を一瞥《いちべつ》して尋ねる。説明すると、充は「おまえな」とため息をついた。

「妖なんか連れまわして、周りの人間に怪我《けが》させたらどうすんだ。飼い主ならちゃんと管理しろ」

「私、あんなひと、飼った覚えないんだけど」

「そのとおりだ。俺はそいつに飼われてるんじゃない、俺がそいつを飼ってるんだ」

「……あなたに飼われた覚えもないです」

振り返って琥珀をにらむ。しかし琥珀は開いた本に視線を落としたまま、こちらを見ようともしない。

「あんな狐、放っておいても大丈夫だよ。それより早く髪結んで」

穂積が口をとがらせて、充の袖を引く。それに充が振り返ろうとしたとき、突然バスの外から地鳴りのような音が聞こえてきた。

なにごとかと顔を向けると、道路脇の斜面に生えていた木がメキメキと音を立てながら倒れてくる。バスは木にぶつかる寸前、急停止した。

「も、申し訳ありません。みなさま、お怪我はありませんか」

バスの運転手がうろたえた様子でアナウンスをかける。木は完全に道路を塞いでしまい、バスは通れそうにない。

「朝から面倒なことになったな……」

ため息混じりにつぶやいて、琥珀が読んでいた本を閉じた。立ち上がると、無言で運転手に歩み寄る。

「お客さま、しばらく席でお待ちいただけますか？」

運転手はバス会社へ連絡するつもりなのか、スマートフォンを片手に振り返った。その顔の前に琥珀が手をかざすと、運転手はハンドルに覆《おお》いかぶさるようにして倒れこむ。

紗栄は驚いて席を立った。

「だっ、大丈夫ですか!?」

「騒ぐな、眠らせただけだ」

振り返りもせずに、琥珀がドアを開けて外へ出る。紗栄はあわてて、そのあとを追った。

バスを降りると、木の倒れた斜面に、巨大な黒い毛玉が転がっているのが見える。

「この間、稲穂《いなほ》ちゃんといたとき襲ってきた妖だ！」

妖は木の間に挟まってしまったのか、その場で回転し続けている。両脇の木は軋《きし》んだ音を立てていて、このままでは折れてしまいそうだ。

「そうか……。こいつが例の妖か」

つぶやくと、琥珀は妖の方へと歩きだす。足下からはつむじ風が吹き上がり、青白い炎の塊《かたまり》がいくつも空中に浮かんだ。

肌を刺すような殺気《さつき》に、思わず生唾《なまつば》をのむ。

「紗栄、こっち」

いつの間にバスを降りたのか、穂積と充が手招きする。大人《おとな》しく二人のもとへ行くと、充はスーツのポケットから一枚の札《ふだ》を取り出した。充が小声でなにかを唱えて札を放すと、目の前に見上げるほどの高さの白い壁が現れる。壁はゆっくりと、景色に溶けるように見えなくなった。

おそるおそる壁のあった場所に手を伸ばしてみると、ひやりと冷たく、平らな壁のようなものが触れる。

「すごい！　こんな術、いつ覚えたの？」

「小学生のころ。それより、おまえは妖がどういうものか、しっかり見とけよ」

充が視線を前へ向ける。それと同時に、空中に浮かんでいた炎がいっせいに、毛玉の妖に向かって飛んでいった。炎は妖を包み、燃え上がる。

「う……が……」

妖は回転をやめて、苦しそうにその場でもがきだした。炎は以前、川原で妖を襲ったものよりはるかに強い。充の作った壁を隔《へだ》てていても、息苦しくなるほどの熱気が伝わってくる。

このまま妖を倒せるだろうか。

じっと見守っていると、妖の体の表面に二つ、コブのようなものが現れた。コブは見る間に長く伸びてゆき、黒い腕のようなものに変わる。

妖は炎に包まれたまま木を引き抜き、琥珀に向かって投げ飛ばした。

「危ない！」

思わず叫ぶが、琥珀は顔色ひとつ変えない。軽く身を引いて、飛んできた木を避けると、脇をすり抜けていく幹を指先でなでた。その瞬間、青い炎が走り、一瞬で木全体を覆いつくす。

木は地面に落ちる前に、木の葉一枚残さず燃えつきた。

「やるじゃない、狐！」

充の背に隠れるようにして立った穂積が、拳を突き上げる。紗栄もほっと息をついた。

妖は腕を引っこめると、再び回転を始める。

「捨て身でつっこむつもりか」

「いけーっ！　そのままやっつけちゃえ！」

険しい顔をしている充の後ろで、穂積が声援を飛ばす。

琥珀は迎え撃とうとするように手を上げて——突然、なにかにつまずいたようにその場に膝《ひざ》をついた。

「く……っ」

片手で胸を押さえて、苦しそうに歯を食いしばっている。

どうしたのだろう。

妖はものすごい勢いで斜面を転がり落ち、琥珀との距離を詰めていく。しかし琥珀はうつむいたまま、なんの反応も示さない。

「な、なにしてるの、狐！」

穂積が叫ぶ。

このままでは、琥珀がやられてしまう。

身を乗り出すようにして、見えない壁に手を当てる。その瞬間、池に小石を落としたような音がした。同時に手に感じていた壁の感触がなくなる。

「え……」

驚いて手元を見ると、波紋のような歪《ゆが》みが、見えない壁に半分突っこんだ腕の周りにできている。足を踏み出すと、紗栄の体はするりと壁を通り抜けた。

「おまえ、どうやって……」

とまどったような充の声が聞こえる。

自分でも、どうやってこの壁を通り抜けたのかわからない。だが、今はそんなことはどうでもいい。

目の前で妖が飛び上がり、琥珀に襲いかかる。紗栄は唇を引き結び、走りだした。

今はとにかく、あの妖の攻撃をなんとかしないと――。

琥珀のそばへ駆け寄り、突き飛ばそうと腕を伸ばす。しかし、紗栄の腕が届くより早く、琥珀は妖から逃げるように飛びのいた。

「わっ⁉」

急に目の前から琥珀がいなくなり、紗栄は地面に倒れこんだ。

「おまえ……⁉」

琥珀の声に顔を上げると、妖がすぐそばまで迫っていて、黒い腕を伸ばしているところだった。とっさに目を閉じると、風の唸《うな》る音が耳に響く。次の瞬間、息が止まるほどの衝撃が体に走った。

妖の腕に吹っ飛ばされ、二メートルほど後ろにあったバスの車体に体を打ちつける。

「紗栄！」

穂積の叫ぶ声が遠く聞こえる。答えようとするが、声にならず、紗栄はそのまま目を閉じた。

◇

——なにも見えない。果てのない暗闇。そんななか、草笛のような音《ね》と、だれかの駆けてくる足音が聞こえる。

穂積だろうか。一瞬考えて、思い直す。

足音は一つではない。それに、これは人の走る音とは違う。この音はまるで……。

不意に、暗闇の先に光が浮かび上がった。光の奥に、なにかが見える。

「あれは……」

光をさえぎるように手をかざしながら、目を凝《こ》らす。

もう少し、あと少しで見える。

目を細めて一歩足を踏みだした、そのとき。『それ』は紗栄の目の前に現れた。

◇

「――い、おい！　しっかりしろ！」

耳に響いた鋭い声に、意識が引き戻される。はっと目を開けると、琥珀がこわばった顔で見下ろしていた。

今の光景はなんだったのだろう。額には汗が滲んでいて、心臓は早鐘を打っている。

「金色の、狐……。あれは、あなた？」

のみこまれそうなほど深い暗闇と、その先にあったまぶしい光。そして……。

目が覚める前に一瞬見えた、輝く金の毛並みの狐。琥珀は狐の妖だと聞いていたから、あれは琥珀なのではと思ったのだ。

視線を上げると、琥珀は驚いたように、目を見開いて紗栄を見ていた。

この反応、やはり図星《ずぼし》なのだろうか。

「昔の記憶を少し、夢に見たんです。だから――」

「違う。それは俺ではないし、俺は、おまえと会ったことはない」

うつむいて、琥珀が答える。

うだ。

「でも……」

「それより、どうしてあんな真似《まね》をした。俺のことなんて放っておけばいいだろ」

気を取り直したように琥珀がにらみつけてくる。さっきの話を続ける気はないよ

うだ。

紗栄は小さくため息をついた。

「放ってなんて、おけないですよ」

琥珀とはけんかばかりで、あまりいい関係だとは言えない。けれど、何度も危ないところを助けてもらって、感謝はしていた。とても、見殺しになんてできない。

まあ、助けに出たところで、なんの役にも立たなかったが。

「そういえば、妖と戦ってる途中、苦しそうにしてましたけど、どこか具合悪いんですか？」

「霊力を一気に使い過ぎただけだ。もうなんともない。……おまえはまだじっとしてろ」

起き上がろうとすると、琥珀が肩を押さえて止める。

「大丈夫です」

頭に小さなたんこぶができているが、他に怪我らしい怪我はしていなさそうだ。

琥珀の手をどけて上体を起こすと、今度は支えるように背中に腕を回された。思

わず目を瞬《しばた》いて琥珀を見る。

「……なんだ？」

　いぶかしそうに尋ねられるが、それはこっちのせりふだ。琥珀が優しいなんて、雪でも降るのではないだろうか。

　なんて、正直に言うと機嫌を悪くしそうなので、「べつに」と視線をそらした。

　自分のせいで怪我をさせたとか、責任を感じているのだろうか？　……いや、そんな殊勝《しゅしょう》な性格ではないはず。

　内心首をかしげていると、琥珀は背中についた砂まで払ってくれる。

　本当に、どうしてしまったんだ。

　だんだんといたたまれなくなり、紗栄は立ち上がった。

「と、ところで、さっきの妖は？　どこに行ったんですか？」

　スカートについた砂を払いながら、周囲を見回す。山の斜面の方を見ると、充と穂積が下りてくるところだった。

「あっ、紗栄！　気がついたの？」

「悪い。さっきの妖、追いかけたんだけど途中で見失った」

　二人が早足でこちらに歩いてくる。琥珀は小さく舌打ちした。

「役立たずが」

「てめえ……。文句言うくらいなら、自分で追えよ」

充が顔を引きつらせる。

「あの妖、逃げたの？」

「ああ。なんか知らねえけど、おまえを襲ったすぐあと山へ逃げてったんだよ」

「そう……。なにがしたかったのかな」

薄暗い山の奥を見つめてつぶやく。充はため息をついて、バスのドアステップへ向かった。

「なにがって、なにもねえだろ。知能がありそうな感じもしなかったし」

「……そうかな」

先日、稲穂と襲われたときの妖の様子を思い出す。川原から逃げるとき、妖に「待って」と止められたような気がしたあれは、ただの気のせいだったのだろうか。

釈然《しゃくぜん》としないまま、紗栄はバスに乗りこんだ。

道路を塞いでいた木は琥珀が燃やし、バスの運転手には木が倒れてきたところからすべて夢だったということで通した。紗栄たちの他に乗客はいなかったので、嘘だと咎《とが》める人はいない。『突然急ブレーキをかけて眠ってしまった』ことにされた運転手は、何度も紗栄たちに頭を下げて謝った。

嘘をついた上に、必要のない謝罪までさせてしまって申し訳なかったが、本当のことを話すわけにはいかない。とにかく「気にしていないから」と運転手に言って、駅に着くとそそくさとバスを降りた。

入学式は二駅先の町にある市民ホールで行われる。少し早く着いた紗栄たちは、入り口前の階段に座り、開場を待つことにした。

市民ホールは川沿いにあって、強い風がひっきりなしに吹いている。だんだんと寒くなってきて、紗栄はくしゃみをして腕をさすった。

すると不意に、後ろから大きな布のようなものをかぶせられる。

「わっ、なに？」

「着ておけ」

振り返ると、仏頂面《ぶっちょうづら》の琥珀が立っている。かぶせられたのは、琥珀の羽織りだった。

さっきまで、一人で離れた場所で本を読んでいたのに、いつの間に。

「……まだ寒いのか？」

思わずじっと見つめていると、琥珀が尋ねた。

さっきから、琥珀が優しすぎて調子が狂う。頭を打ったのは自分ではなく、琥珀の方だったのでは、という気さえしてきた。

「……平気です」

小さく首を横に振って、羽織りの前を合わせる。ほんのり体温が残っていて、あたたかい。

琥珀は黙って背を向けると、元いた場所へ戻っていく。ありがとう、という言葉は、喉元まで出かかっていたのに、なぜか声にならなかった。

……近づくな、なんて言い過ぎだったかな。

社務所を出る前、琥珀に言った言葉を思い出して、少し後悔する。

どういうつもりでついて来ているのか知らないが、今日も結局、妖から助けてもらった。困ったときだけ頼って、あとは邪険《じゃけん》にするなんて、さすがにひどくないだろうか。

「ほだされてんな」

となりでぼそりと充が言った。その言葉にドキリとする。

「そ、そんなことないよ」

あわてて否定するが、いまいち声に力がないのには、自分でも気づいていた。

今までさんざん暴言を吐かれたりしてきたのに、とは思うが、だからこそ、少しの飴《あめ》が甘く感じてしまうのかもしれない。

気持ちを切り替えるように軽く首を振って、紗栄は周囲を見回した。

「それより、人増えてきたね」

着いたばかりのころはまばらだったが、いつの間にか人が列をつくっていて、近くの駐車場にまであふれている。

「こういうところに、妖が出ることってないの？」

「ありえなくはねえけど、滅多にないな。ほとんどの妖は、山で生まれるから」

どういうことかと首をかしげると、充は説明を始めた。

この世に生きているものは、死ぬと魂だけになって近くの山へ向かう。そして山中をさまよった末、浄化されて黄泉《よみ》の国へと向かうのだが、なかには、この世に留まってしまう魂もある。そうした魂は、長い間この世をさまよい続けた結果、霊力を持った妖に変わってしまうのだそうだ。

神の降臨《こうりん》する場として、山の頂《いただき》を神聖視する神奈備《かんなび》信仰があるなど、山は古くから神聖な場所として考えられてきたが、同時に魑魅魍魎《ちみもうりょう》の跋扈《ばっこ》する異界として恐れられてきたのだ。

「だから昔は、ふつうの人間が登山だハイキングだって、不用意に山へ立ち入ることはなかったんだ。今は俺の家みたいな祓い屋が管理してるから、わりと安全だけど。それでも遭難《そうなん》とか山の事故として処理されてる、妖による事件は絶えない」

「そうなんだ……」

これまで何度も妖には襲われてきたが、実際に行方不明になったり亡くなったりした人がいるのかと思うと、ぞっとする。

「妖はみんな、もともと人間とか動物だったの？」

「大体はね。穢《けが》れを溜《た》めた神様が、妖になってしまうこともあるけど、それはまれだよ」

充のとなりに座っていた穂積が、ひょっこり顔を出して答える。

「魂がこの世に留まるのは、たいてい恨みや未練を残して死んだせいだ。妖に生前の記憶が残ってることはほとんどないけど、負の感情を抱えて妖になったものは、よく悪事を働く。……だから、妖には気を許すなって言ってるんだ」

暗に琥珀のことを言われているのがわかり、紗栄は首をすくめた。

それから、市民ホールが開くまでの間、先ほど琥珀に聞いた金色の狐について充たちにもなにか知っていないか聞いてみたが、知らないとのことだった。


入学式は午前中で終わった。午後は大学で学科ごとにガイダンスが行われたが、それも三時前には終わり、解散になった。

「お二人とも、おかえりなさいませ。大学とやらは楽しかったですか？」

神社へ帰ると、掃除をしていたらしい鐵が、竹ぼうきを持ったまま駆け寄る。

「うん。この間話した、田辺《たなべ》神社の充が同じ学科だったよ」

話している間に、琥珀は社務所の中へと消える。それを目で追っていると、鐵が首をかしげた。

「どうかされましたか？」

「えっと……私も掃除手伝うよ」

鞄を置くと、掃除用具のしまってある場所へ急ぐ。

鐵に聞けば、教えてくれるだろうか。今朝、妖に襲われたときに思い出した、金色の狐の記憶について。

あれから充と穂積にも聞いてみたのだが、知らないと言われてしまった。琥珀の獣姿も見たことがないらしく、あとは鐵しか知っていそうなひとはいない。

しかし、先日自分の知らない思い出話をされたくないと怒ったばかりで、なんとも聞きづらい。

掃除をしながら悶々《もんもん》と悩んでいると、

「紗栄さま、なにか聞きたいことでも？」

不意に鐵が、ほうきを掃《は》く手を止めて聞いてきた。ぎくりとして鐵を見る。

「……なんでわかったの？」

「顔に出てましたから」

くすりと鐵が笑う。……こうなったら、覚悟を決めて聞くしかない。

紗栄はほうきを両手で握りしめて、おずおずと鐵を見た。

「琥珀……さんと私って、昔会ったことあるの？」

尋ねた瞬間、鐵は目を見開いた。

「まさか思い出されて……!?」

「う、ううん！　ただ、そうなのかなって思っただけで……」

「ああ、そう……ですか」

鐵の尻尾が力なく落ちる。

「……やっぱり私、あの人と昔会ったことがあるんだね」

鐵はバツの悪そうな顔でうつむいた。

「すみません、琥珀さまに口止めされているもので」

「口止め？　なんでそんなこと……」

紗栄の言葉に、鐵はしまったという顔で黙りこんだ。どうやらこれも、言ってはいけないことだったらしい。

「ご容赦《ようしゃ》ください。私の口からはなにも言えないのです」

「……わかった。それじゃあ、一つだけ聞いてもいい？」

「なんでしょうか？」

鐵が顔を上げて首をかしげる。

「あの人、狐の妖なんだよね？　いつも人の姿だけど、狐の姿になったりもするの？」

「はい、もちろんですよ！　毛色は髪と同じ茶色で、私よりも一回り以上大きな、それは立派なお姿です」

頭のなかで思い浮かべるように、目を閉じて鐵が話す。

「髪の色と同じ？　金色じゃなくて？」

「はい、そうですが……？」

鐵はきょとんと目を丸くする。嘘をついているような様子はない。

あれは琥珀ではなかったのか。しかし、それならどうして、琥珀はあのとき驚いていたのだろう。

紗栄が夢に見た金色の狐について話すと、鐵は不思議そうな顔をした。

「この辺りで狐の妖の噂は、琥珀さま以外に聞いたことがありません。他に狐といえば稲荷《いなり》神社の神使《しんし》がいますが、彼らの毛は白ですし……」

「そっか……」

なんだか、より謎が深まってしまった。金色の狐の正体は、一体なんなのだろう。

掃除を終えて、社務所へ入ろうとしたところで、ポケットに入れていたスマートフォンが鳴りだした。充からだ。ガイダンスが終わったあと、これからなにかと連絡をとる機会もあるだろうからと、電話番号を交換していたのだ。

「もしもし、どうかした？」

「急に悪い。稲穂《いなほ》さんがいなくなったんだけど、見てないか？」

「えっ⁉　いなくなったって、どういうこと？」

詳しく話を聞いてみると、稲穂は作っておいた昼飯を食べておらず、どこにいったかわからないらしい。

「そっちに行ってたりしないよな？」

充に尋ねられ、鐵に確認してみるが、今日はだれも社に来ていないという。

稲穂の身になにかあったのだろうか。もうそろそろ日も暮れる時間だし、心配だ。

「私も捜すの手伝うよ」

充に言って、待ち合わせ場所を決めると、すぐに社を出た。

紗栄が着いてから五分ほどして、充と穂積は現れた。充はスーツから私服に着替えている。

「おまえ、その格好のまま来たのか」

「だって、急いで来たから」

しかし、靴だけでも替えてくればよかったかもしれない。パンプスのヒールは高くないが、おろしたてなので、歩き回ると靴擦《ず》れしてしまいそうだ。

「山ん中入るかもしれねえし、せめてスニーカーに替えてこいよ」

考えていたのと同じことを、充につっこまれる。思わず苦笑《にがわら》いすると、穂積が頰を膨らませて充の腕を叩《たた》いた。

「せっかく来てくれたのに、文句言わないの！　充ってば、思ったことなんでも口に出しちゃうんだから」

「……まあ、そうですね。悪い」

謝る充を見て、少し笑ってしまう。見た目は兄と妹という感じなのに、実際は穂積の方が保護者みたいなところがある。

「いいよ。それより早く捜しにいこう」

歩き出そうとすると、「ちょっと待て」と充に止められる。

「一応、なにかあったときのために持ってろ」

「なに、これ？」

差し出された二枚の札を受け取って、目を瞬《しばたた》く。

「神符《しんぷ》だ。妖に直接貼りつけないと効果はないけど、詠唱《えいしょう》がいらないからおまえでも使えると思う」

そういえば、今朝充はこれと似たような札を使っていた。札は千円札くらいの大きさで、くずし字らしき文字がびっしり書いてある。ほとんど読めないが、なんとなく効果がありそうだ。

お札を言って、ポケットに札をしまう。

稲穂は散歩が趣味らしく、ひとまず彼女のよく行く場所をしらみ潰《つぶ》しに捜していくことになった。

「そういえば、昼間おまえが言ってた金色の狐について、父さんにも聞いてみたんだけど、祓い屋界隈《かいわい》でも聞いたことないってさ」

菜の花の咲き乱れる川沿いを歩きながら、思い出したように充が言う。

「そうなんだ……。私も鐵に聞いてみたんだけど、知らないって言われて」

やはり、琥珀に聞くしかないのだろうか。あの様子では、そう簡単に教えてはもらえなさそうだが……。

「おまえって、そもそもどうして記憶をなくしたんだ？」

何気なく充が尋ねて、少しあわてたように「話したくないなら、話さなくていいけど」と付け足す。

さっき穂積に言われたことを気にしているのかもしれない。

「べつに、気をつかわなくていいよ」

記憶をなくしたときのことは覚えていないし、自分にとってはただの『人から聞いた話』に過ぎない。

「草津神社の裏手に、浮橋山《うきはしやま》っていう山があるんだけど、そこで崖《がけ》から滑《すべ》り落ちて、頭を打ったらしくて」

「えーっ、浮橋山⁉　あそこって、禁足地《きんそくち》のあるとこだよね？」

驚いたように、穂積が声を上げる。

「禁足地？」

「そう。浮橋山には、しめ縄で囲まれた神域――禁足地があるんだ。逢魔《おうま》が時に高《たか》天原《まがはら》へ続く橋が現れるって伝承《でんしょう》が残されてて、地元の人間は滅多なことでもない限り、立ち入らない」

充の説明に、紗栄は首をかしげた。

「タカマガハラ？　なに、それ？」

「天《あま》つ神、高天原の神々が暮らす世界だよ」

「……それって、ソノエさまとか、神社にいる神様とは違うの？」

ますます首をかしげる紗栄に、穂積が「全然違うよー」と口を挟む。

「中つ国《なか》の神様は、基本的に、中つ国とそこに暮らす人々を守るために存在してるけど、天つ神は、存在してることで世界が保たれる、神聖な存在なんだよ！」

「この世界は今話した高天原と、俺たちの暮らしている中つ国、中つ国に暮らす者が死後に向かう黄泉の国の三つに分かれるんだ」

話を聞いていて、ふと思いつく。

「ヒサギさまが、その高天原ってとこにいることはないのかな？」

充は「それはないな」ときっぱり否定した。

「天つ神は穢れをひどく嫌うんだ。他の世界のものが高天原に入れば、まず無事ではすまない」

「中つ国の神様でも、天つ神にとっては『穢れ』なの？」

「そうだ。この世界では中つ国の神が最も穢れのない、神聖な存在だけどな。天つ神にとっては、高天原で生まれ育ったもの以外すべて『穢れ』なんだよ」

「ふうん……」

その天つ神とやらがいるおかげで、自分たちが生活できているのなら、感謝すべきなのかもしれない。

しかし、なんとなく自分たちが汚物扱いされているみたいで、あまり気分はよくなかった。

「――この辺りにはいなさそうだな。そろそろ別の場所を捜そう」

しばらく手分けして捜してから、充が声をかけてきた。その言葉に、紗栄は空を見上げる。

もう日は傾きかけている。この調子で捜していて見つかるのだろうか。

「紗栄、そこ足元悪いから」

土手を上っていると、充が手を差し出してきた。

パンプスだと上りづらかったので、ありがたい。

素直に手を取ろうとするが、充は突然息をのんで目を見開き、すばやく身を引いた。次の瞬間、風を切る音とともに、青い閃光《せんこう》が目の前を通りすぎる。

驚きのあまり固まっていると、充が目を吊り上げて振り返った。

「なにするんだ！　殺す気か⁉」

充の視線を追うと、土手を上りきった先に、琥珀が立っていた。

「ああ、なんだ。やけに大きな虫がいると思ったら、おまえだったか」

「てめえ……」

わなわなと震える充を無視して、琥珀は紗栄に歩み寄る。

「鐵に聞いてきた。よけいなことに首をつっこんでないで、社へ帰れ」

紗栄の腕を摑むと、充の代わりに土手から引っ張り上げる。

わざわざ迎えにきてくれたのだろうか。以前のように、霊力をたどって——。

「そうだ！　あなた、霊力をたどって人を捜せるんですよね？　それなら、稲穂ちゃんの場所もわかるんじゃないですか？」

「どうしてそんな七面倒くさいことを、俺がしないといけない」

今日一日でかなり見直していたのに、帳消しだ。

「じゃあ、一人で帰ってください。私は見つかるまで捜すので」

そっぽを向くと、盛大なため息が降ってくる。

「……そもそも、あいつは霊力をたどるには力が弱すぎるから無理だ」

「そうなんですか？」

「信じられないなら、べつに信じなくてもいい」

だれもそんなこと言ってないのに。相変わらずひねくれているというか、なんというか。

あきれつつも、他になにか手はないかと考える。

「……それじゃあ、今朝襲ってきた妖の居場所はわかりますか？」

尋ねると、いぶかしそうな顔をされる。

「もしかして、稲穂ちゃん、またあの妖に襲われてるんじゃないかと思って」

初めてあの妖に遭《あ》ったとき、追われていたのは稲穂だった。今日はあっさり逃げていったようだが、初めてのときは琥珀の炎に包まれてもなお、紗栄たちを見ていた。あの妖の様子が、ずっと気になっていたのだ。

紗栄が説明すると、穂積は首をかしげる。

「でも、今朝はバスに稲穂いなかったよ？」

「穂積ちゃんと見間違えたんじゃないかな？　あのとき、髪を下ろしてたし、遠目に見たらわからないと思うんだ」

そして、別人だったと気づいたから、すぐに逃げていった。

稲穂はきっと、あの妖と一緒にいる。すべて推測でしかないが、なぜか自信があった。

「他に手掛かりもねえし、とりあえずその妖を捜してみるか」

充の言葉に、紗栄はうかがうように琥珀を見た。

「……霊力をたどるくらい、おまえたちでできないのか？」

「そういうのは稲穂が得意なの。私たちには無理」

穂積が答えると、琥珀は呪詛《じゅそ》でもこもっていそうな息をついて、背を向けた。

案内してくれるのだろうか。

「ありがとう」

思わず笑顔になって、あとを追う。

琥珀は黙々と歩いて、やがて竹林の中へと足を踏み入れた。充と穂積は琥珀の機嫌が悪いのを察してか、少し距離を置いてついてきている。

「知り合ったばかりの男と、よく手なんて繋《つな》げるな」

後ろを気にしながら歩いていると、突然、琥珀が話しかけてきた。

「家にものこのこ上がりこむし、簡単に名前で呼びあうし」

嫌味っぽく琥珀がため息をつく。

充とのことを言っているのだろうか。紗栄は思わず顔をしかめた。

「さっきのは、足場が悪かったから手を借りようとしただけです。勝手に誤解して、人のこと軽い女みたいに言わないでください」

琥珀が家と言っているのも、厳密には社務所だ。

言い返すと、琥珀が振り返る。そのまま無言で詰め寄られて、とっさに身構えた。

美術品のように整った顔が、不機嫌そうに見下ろしてくる。

「俺はおまえのことなんて、なんとも思ってない。どうでもいい。……ただ、自分のものを他人に弄《いじ》られるのは、死ぬほど嫌いなんだ」

「……は？」

突然の宣言に、ぽかんとする。そんな、おもちゃを取られたくない三歳児のようなことを、堂々と言われても。

「いいか。次に触られそうになったら蹴飛ばせ」

「そ、そんなこと、あなたに指図される筋合いないです。それにあなただって、勝手に触るじゃないですか」

「俺はいいんだ」

勝手なことを言って、琥珀はまた歩き出す。人の行動にあれこれケチをつけて、一体何様のつもりだ。

とりあえず、今度琥珀に触られそうになったら、蹴飛ばしてやろう。

心のなかで誓ったところで、ふと太い竹の陰になにかが落ちているのに気づいた。拾い上げてみると、それは子どもサイズの白い鼻緒《はなお》の草履《ぞうり》だった。

「あーっ！　それ、稲穂の草履だ！」

穂積が駆け寄ってきて、草履を受け取る。

「本当に？」

「うん、私のと色違いだから、間違いないよ！」

片足を上げて、穂積は赤い鼻緒の草履を見せた。

それなら、ここを稲穂が通ったということか。草履を落としたままにしておくなんて、なにかあったとしか思えない。

「急ごう。まだ近くにいるかもしれない」

充の言葉にうなずいて、琥珀のあとを追いかける。しばらくすると、琥珀が足を止めた。

「見つけた」

「え？　どこ？」

穂積が目をぱちくりさせる。その瞬間、竹林の奥から竹が吹っ飛んできた。

「きゃあああああっ‼」

思わず叫んで穂積としゃがみこむ。しかし、突如として地面から水が噴き上がり、盾《たて》のように竹の行く手を阻《はば》んだ。

水の盾の向こう側で、バキッと竹の折れる音がする。

「さすが！　充、すごいじゃない！」

今のは充の術だったのか。

穂積は飛び上がって喜ぶが、対して充の表情は硬い。

「来るぞ」

神符を数枚手に持ち、身構える。目の前の水の盾が消えて、薄暗い竹林の奥から足音が聞こえてきた。一歩一歩が重く、地面を震わせるようだ。

足音はゆっくりとこちらへ近づき、竹をなぎ倒しながら、やがてその姿を現した。

今朝襲ってきた、黒い毛玉のような妖だ。しかし、今朝は腕だけだったのが、いつの間にか足まで生えている。

「おまえは下がってろ。今朝、とどめを刺せなかったのは、心残りだったんだ」

琥珀が充の前に進み出る。それと同時に、周囲に青い炎がいくつも浮かんだ。暗かった竹林の中が、明るく照らされる。

「稲穂！」

突然、はっとしたように穂積が叫んだ。よく見ると、妖は稲穂を片腕に抱えている。稲穂はなんとか腕から逃れようと、手足をばたつかせていた。

琥珀はそれを見ながら、手のひらに炎を浮かべる。

「待て！　その炎、ぶつけたら稲穂さんまで燃えるだろ！」

あわてて充が止める。琥珀は面倒くさそうに眉を寄せた。

「なら、おまえはなんとかできるのか」

「俺の神符も、使えば稲穂さんを巻きこむ。だから他の方法を……」

言っている間に、妖がもう一本の腕で竹を引っこ抜いて投げてきた。琥珀は手に浮かべていた炎を飛ばして、相殺《そうさい》する。

「なんでもいいからさっさと決めろ。傷つけない程度に相手するのは面倒なんだ」

「わかってる！　今考えてんだから、おまえは黙ってろ！」

いらいらした様子で、充が頭を掻く。そのとき、稲穂の体が毛玉の中に半分埋《う》もれているのに気づいた。

いや、あれは埋もれているのではない。妖の中に取りこまれようとしているのだ。

「稲穂ちゃん！」

とっさに叫んで紗栄は駆け出す。

「馬鹿！　行くな！」

背後から琥珀の声が聞こえたが、足を止めることなく、妖のもとへ向かう。

稲穂の手は、今にも毛玉の中に消えていきそうだ。必死で手を伸ばして――ギリギリのところで指先を掴む。

その瞬間、もの凄い力で稲穂と一緒に毛玉の中へと引きずりこまれた。視界が真っ暗になり、急に音が途絶える。まるで深い沼に落ちたように、体が重く沈みこんでいった。

息が苦しい。必死で外を目指してもがくが、次第に外がどの方角かすらわからなくなる。

頭のなかが痺《しび》れたようになって、意識がかすむ。いつしか紗栄は、なにも考えられなくなっていた。

◇

——神様。どうか、どうかお願いします。

冬の昼下がり、ひっそりとした病院の廊下《ろうか》で、男は両手を合わせて祈っていた。

男の座る硬いベンチのすぐそばには、分娩室《ぶんべんしつ》がある。

男の妻は、一か月前から切迫早産《せっぱくそうざん》で入院していた。二十四時間の点滴や注射でなんとかもたせてきたが、もう限界だということで、一時間前に分娩室に入った。

正期産には五週早い出産だ。不安が重く、胸にのしかかる。

とにかく、妻とこれから生まれてくる娘が無事であるように。自分には祈ることしかできない。

一秒一秒が、まるで永遠のように感じられた。

る。

「――さん」

不意に、名前を呼ばれた。中へ入ると、子猫のような小さな泣き声が聞こえてくる。

初めて目にした娘は、とても小さかった。手も足も細く、少し力を入れて握っただけで折れてしまいそうだ。そんな体で、必死に息をして、泣いている。

「ありがとう……」

言葉とともに、涙があふれた。

生まれてきてくれて、ありがとう。今まで生きてきたなかで、こんなに幸せだと思ったことはない。

うれしくて、胸がいっぱいで、いつまでも涙は止まらなかった。

幸い、その後の検査で異常は見つからず、娘はすくすくと育っていった。

妻と娘のため、これからはいっそう頑張ろう。

娘には、なに不自由ない生活をさせてやりたい。遊びも、スポーツも、やりたいことはなんでもさせてやりたいし、彼女が行きたいと思う学校へ進学させてやりたい。

そのためには……そうだ、金がいる。とにかく金を稼がなければ。

娘が生まれてから、男は毎日必死で働くようになった。あまり給料のいい会社ではなかったから、残業をたくさんして、残業代を稼いだ。

ある日、辞令が出た。同期のなかで一番早い昇進だった。努力が認められるのは、素直にうれしい。

出世すると、責任が生まれる。付き合いも増える。家に帰る時間はますます遅くなり、休日も会社へ出ることが増えた。

家のことは妻に任せきりになり、そのことで、たびたび口論するようになった。

「お父さんの嘘つき！　今年は運動会、来てくれるって約束したのに！」

小学四年生になった娘までもが、男を責めた。怒りがふつふつと込み上げてくる。

だれのために、こんなに必死で働いていると思うんだ。家族のために身を粉にして働いているのに、どうして責められなければならない。

「美咲！　わがままを言うな！」

男は初めて娘を怒鳴って、すがる手を振り払った。

その日の夕方、一本の電話がかかってきた。娘が交通事故で亡くなったという連絡だった。

——知っていたはずだったのに。

娘が生まれたとき、大切な人が生きていることは、決してあたりまえのことではない、奇跡のようなことなのだと、身をもって知ったはずだった。生きてそばにいてくれる奇跡に感謝して、大切にしようと胸に誓ったはずだった。

それなのに、繰り返される日常のなかに埋もれて、いつの間にか、本当に大切なものを見失ってしまう。

どうして、もっとそばにいてやらなかったのだろう。あの子よりも大切なものなど、他にありはしなかったのに。

あんなにもかわいい我が子を、さびしい思いをさせたまま、逝《い》かせてしまった。

取り返しのつかない後悔が、いつまでも、いつまでも、男を摑んで離さない。

——もう一度、あの子に会いたい。

その願いが叶《かな》うなら、他にはなにもいらない。

◇

目を開けると、紗栄は真っ白な空間の中で、一人座っていた。紗栄の他には、人も物もなにもない。

さっき見たのは、なんだったのだろう。自分ではない、だれかの記憶をたどるような夢だった。

まだ少しぼんやりとしたまま、立ち上がる。

ここは妖の体の中なのだろうか。引きずりこまれたときとは、周りの様子が違って見えるが……。

「そうだ、稲穂ちゃん……！」

一緒に妖の体内に入った、稲穂の姿がどこにもない。

ひとまず捜そうと、あてもないまま走りだす。何度も名前を呼んで、辺りを見回すが、どこにも行き当たらない。ただただ、真っ白な空間が広がっているだけだ。本当に自分が移動できているのかすら、疑わしく思えてくる。

パンプスの踵《かかと》が擦れて痛みだし、紗栄は足を止めた。

このまま無闇《むやみ》に走り回っていても、稲穂が見つかる気がしない。深く息をついて、膝に手を当てる。そのとき、ポケットからカサリと音が聞こえた。

そうだ、充に神符をもらっていたのだった。といっても、妖に直接貼りつけないと効果がないらしいので、今は使いどころがないが……。

悩みながら、ポケットから神符を取り出す。すると、二枚あったうちの一枚が、ひらりと落ちた。

次の瞬間、床からものすごい量の水が噴き出す。

――そうか。ここは妖の体の中だから、神符が効くのか。

すぐさま床に膝をつき、もう一枚の神符も貼りつけた。

これで体に穴が空いて、妖を倒せるかもしれない。

水柱がもう一本噴き上がる。同時に亀裂《きれつ》の走った床が、崩れ落ちていった。

「わっ……!?」

体が宙に放り出され、思わず目を閉じる。一瞬、落ちるような感覚がしたあと、冷たくて少し弾力のあるなにかに、体を打ちつけた。

「痛……」

顔をしかめながら、目を開く。そこには思わぬ光景が広がっていた。

さっき夢で見た、リビングだ。

紗栄が落ちたのは茶色い革のソファで、正面には大きなテレビと鉢植えのパキラがある。視線を上げると、落ちてきたはずの天井《てんじょう》はなぜか塞がっていた。

妖の体の外に出られたと思ったのに。ここは一体どこなんだ。

困惑しつつ、体を起こす。ソファの背もたれの向こうに顔を向けて、思わず身を乗り出した。

「稲穂ちゃん!」

ソファの向こう側には対面キッチンとダイニングテーブルがあり、稲穂は椅子に座ってこちらを向いていた。紗栄が立ち上がると、稲穂も椅子を立って走り寄ってくる。

「もう大丈夫だよ。一人にしてごめんね」

ぎゅっと腕にしがみついてきた稲穂の背をなでる。青ざめて震えているが、ぱっと見たところ怪我はしていなさそうだ。

「――ただいま、いい子で待っていたか？」

ふいに、リビングのドアを開けて人が現れた。三十代後半くらいの、眼鏡《めがね》をかけた真面目《まじめ》そうな男――夢のなかに出てきた男だ。

男は紗栄に気づくと、不気味《ぶきみ》なほど優しい笑みを浮かべた。

「おや、美咲《みさき》のお友だちかな？　今お茶を用意するから、少し待っていなさい」

美咲とは、たしか男の娘の名前だったはず。

男の娘と稲穂は、背の高さや顔立ちがよく似ている。それで、稲穂のことを娘だと思っているのかもしれない。

キッチンへと向かう男を注意深く見つめながら、紗栄は稲穂の体を抱きしめる。

そういえば、恨みや未練を残したまま死んだ魂が、妖になることが多いと充が言っていた。おそらくあの毛玉の妖は、もとは夢のなかの男で、死後も娘を想ってこの世に留まり、妖になってしまったのだろう。

「さあ、お茶の支度ができたよ。二人とも、座りなさい」

湯呑みの載ったお盆を持って、男がキッチンから出てくる。紗栄たちはじりじりと後ずさった。

充からもらった神符は、もう使い切ってしまった。そばにはベランダへ続く窓があるが、マンションの高層階らしく、出たところで逃げられない。

となると、あとはリビングのドアから逃げるしかないが、男に捕まらずに出られるか……。

「どうしたんだ？　お茶が冷めてしまうよ」

「こ、来ないでください」

身構える紗栄たちに近づきながら、男はとまどったように稲穂を見る。

「なんなんだ？　美咲、この人は本当にお友だちなのか？」

「この子の名前は稲穂です。美咲じゃありません」

きっぱりと否定して、稲穂を庇《かば》うように前へ出た。とたんに男の顔から表情が消える。

「なにを言っているんだ。その子は私の娘の美咲だ。おかしなことを言うんじゃない」

感情のこもっていない、淡々とした口調が、かえって恐ろしい。紗栄は怖気《おじけ》を振り払うように、正面から男をにらんだ。

「おかしくなんてありません。あなたの娘は死んだんです！　交通事故に遭って、亡くなってしまったんでしょう⁉」

頭の奥が痺れるように熱い。言葉を重ねるほどに、気が高ぶっていくのを感じた。

「どうして他の子を代わりにするんですか！　娘さんのこと、愛してたんでしょう⁉　それなのに——大切な人の顔も忘れたの⁉」

叫んだ瞬間、ひどい頭痛に襲われた。目の前が歪んで、足がふらつく。とっさに近くにあったカーテンを摑んだ。もう片方の手で、額《ひたい》を押さえる。

前にも、こんなことがあった気がする。たしか、田辺神社で蛇の像を見たあと……。

「う……」

頭が割れそうに痛い。吐き気がする。

大好きなひと。忘れてしまった、大切なだれか——。

「さっ、紗栄」

強く腕を引かれて、はっと息をのむ。視線を向けると、稲穂が心配そうにこちらを見ていた。

「あ……ごめん」

今、なにを考えていたのだったか。頭のなかに霞がかかったようで、思い出せない。

そのとき、突然重たいものの落ちる音が聞こえた。顔を上げると、男が床にお盆を落としていた。湯呑みがごろごろと転がって、ソファの角に当たって止まる。

「ぐ……うぁ……」

頭を抱えて、男は苦しそうにうめく。その足元から、黒い影のようなものに飲みこまれていった。

影はやがて頭の先にまで届き、男は真っ黒な影そのものへと変わる。

「に、逃げよう！」

稲穂の手を摑んで引く。しかし、稲穂は男を見つめて震えたまま、動かない。恐怖で足がすくんでしまっているようだ。

どうしたら――。考えあぐねている間に、男は近づいてくる。

「下がれ！」

声がした。次の瞬間、視界がだれかの背中でさえぎられる。顔を上げた先には、見慣れた茶色の髪があった。

琥珀だ。どうしてここに。まさか妖の体内まで、自分たちを追ってきたのだろうか。

琥珀は紗栄たちを背に庇ったまま、手のひらに青い炎を浮かべる。同時にリビングのあちこちで炎が燃え上がりだした。

「手こずらされたが、これで終わりだ」

琥珀が手のひらの炎を真っ黒な影となった男にぶつける。一瞬で影が燃え上がり、男は床に膝をついた。

うめき声を上げながら、次第に男の体が小さくなっていく。

どうやら、これで本当に妖を退治できたようだ。周囲の景色がゆっくりと薄くなっていくのを見ながら、胸をなでおろす。

「あの、ありが――っ！」

「無事か⁉　どこか体におかしなところはないか⁉」

琥珀がすばやく振り返り、紗栄の両腕を掴んだ。その剣幕《けんまく》に、驚きながらもうなずく。

「だ、大丈夫です……」

答えると、琥珀はほっとしたように息をついて、紗栄の肩に頭を預《あず》けた。思わずたじろぐが、より強く腕を掴まれて、動けなくなる。

もしかして、心配してくれたのだろうか。

おそるおそる、視線だけを動かして琥珀を見る。

こんな余裕のなさそうな琥珀は、初めて見た。妖と戦っていても、口げんかしていても、いつも腹が立つくらい落ち着いているのに。

「あの……助けてくれて、ありがとうございました」

改めてお礼を言うと、琥珀はゆっくり顔を上げる。

「頼むから、もう二度とあんな無茶はするな」

紗栄の腕を放して、背を向ける。

「俺も、いつまでもおまえを守ってはやれない」

……どういう意味だろう。

尋ねようとして、周囲の景色が元の竹林に戻っているのに気づく。

「稲穂さん、紗栄！　よかった！　無事だったんだな！」

充と穂積がこちらに駆け寄ってきた。

「うん。助けてもらって……」

ちらりと琥珀の方を見ると、充がため息をつく。

「こいつ、おまえたちが取りこまれたとたん、なんの相談もなしにあと追いかけてったんだよ。おかげでこっちは、外から妖を見張ってるしかできねえし」

「それはおまえが無能なせいだろ。人のせいにするな」

　琥珀が振り向いて、稲穂をにらむ。

「今後はしっかりそいつを見張っておけ。次なにかあったら一緒に焼くからな」

「ちょっと、物騒なこと言わないでよ！　まあ、助けてもらったことには感謝してるけど……」

　背後に隠れた稲穂を庇いながら、穂積が口をとがらせる。

「それにしても、稲穂はどうしてこんなところに来たの？　もう少し先へ行ったら浮橋山じゃない」

　穂積の言葉に、視線を上へ向ける。すっかり日の落ちた景色のなか、前方に黒い影のようにそびえる大きな山がある。あれは浮橋山だったのか。

　稲穂は困ったような顔をして、首を横に振った。

「わからない？　どういうこと？」

　穂積が追及するが、稲穂は首を横に振るだけだ。

「まあ、ひとまず家に帰りましょう。稲穂さんも疲れてるでしょうし」

「……そうね」

　充にうながされて、穂積がうなずく。スマートフォンで時間を確認すると、七時を過ぎていた。鐵も心配しているかもしれない。

だれからともなく、歩きだす。竹林を出て充たちと別れると、琥珀と二人きりになった。琥珀の歩調はいつもよりゆっくりで、自然ととなりに並んで歩く。

そうなると、今度はなにか会話をしなければいけないような気がしてきた。

「――そういえば、あの妖の記憶、あなたは見ました？」

「記憶？」

琥珀がいぶかしげな顔をする。紗栄は妖の体内に入ったとき見た記憶を、かいつまんで話した。

「なんだか、かわいそうだったな……」

妖になってからのことはともかく、もとは男もその娘も、おたがいのことを大切に思っていただろうに。すれ違ったまま、一生逢えなくなってしまうこともあるのだ。

「変に肩入れするな。また厄介《やっかい》ごとに巻きこまれるぞ」

紗栄を一瞥して琥珀が言う。その姿を見ていて、ふと疑問がわいた。

「あなたは妖になる前の記憶って、覚えてないんですか？」

狐の妖ということは、妖になる前は狐だったのだろうか。それならどうして、黄泉の国へ行かないで妖になったのだろう。

「……さあな」

「さあなって――」

「よけいな詮索《せんさく》をするな。おまえには関係ないだろ」

わずらわしそうに琥珀がため息をつく。

「……そう、ですね」

琥珀の言うとおりだ。もともと自分たちは、親しい間柄ではない。にもかかわらず、プライベートなことに踏みこんだのが悪い。

気持ちを落ち着けようと、頭のなかで自分を納得させる言葉を並べる。しかし、擦りむいたような胸の痛みは消えない。

わざわざそんな、壁を作るようなものいいをしなくても、聞かれたくないならそう言えばいいのに。

……いや、琥珀はそもそも自分と親しくなんてなりたくないのか。事あるごとに助けてくれる理由はわからないが、琥珀と過ごしたこの一週間、顔を合わせればけんかばかりだったし。

――馬鹿みたい。

少し優しくされて、琥珀と距離が近づいたような気がしていた。実際はまったくそんなことはないのに、一人で勘違いしていたのだ。

なんだか無性に悲しくて、自分が情けなく思えてくる。

うつむくと、琥珀と距離を取ろうと早足になった。

「足を怪我してるだろ。ゆっくり歩け」

ふいに腕を摑んで止められる。

靴擦れのこと、気づいていたのか。驚いて、それからすぐに、いつもより琥珀の歩調が遅かったことを思い出す。

だれにも言っていないし、そんなそぶりは少しも見せたつもりがないのに。今朝の羽織りにしろ、どうしてそんなところばかり気がつくのだろう。

関係ないと言って突き放すくらいなら、優しくなんてしないでほしい。

「べつに、痛くないです」

「背負われて帰りたいか？」

真顔で問いかけられて、言葉に詰まる。無視したいところだが、琥珀ならやりかねない。

「わかりました。ゆっくり歩くから、放してください」

摑まれた手を振り払って、再び歩きだす。琥珀は紗栄のとなりに並ばず、少し距離を置いたまま後ろをついてきた。

いつもいつも、自分ばかりが振り回されている。自分勝手で、嫌味っぽくて、琥珀なんて大嫌いだ。

後ろから聞こえてくる足音を聞きながら、唇を噛む。

……それなのに、胸が苦しいのはどうしてなんだろう。


社務所に帰ると、鐵が夕食を作って待ってくれていた。

「俺は出かける。おまえは社の外へ出るなよ」

紗栄を玄関に押しこんで、琥珀はどこかへ行ってしまった。

ここに越してきてから、一度も琥珀と食事をしたことがない。鐵があとでべつに用意していると言っていたが、そんな手間をかけさせてまで、一緒に食べたくないのだろうか。

――やめよう。琥珀のことを考えていると、気分が暗くなる。

軽く首を振ったところで、鐵がお盆を持って居間に入ってきた。

「お皿、それでもうおしまい？」

「はい。どうぞ、先に座っていてください」

鐵にうながされて、座卓の前に座る。急須《きゅうす》のお茶を注《そそ》ぐと、二人で食事をはじめた。

「大学がはじまったせいで、平日にヒサギさま捜しができなくなって、ごめんね」

昨日まではとくに用事もなかったので、毎日外へ捜しに出掛けたり、鐵に教わって祝詞《のりと》を詠《よ》んでみたりしていた。残念ながら、どれも成果はなかったが。

「いえ、学業は大切ですから。無理のない範囲で手伝っていただければ十分です。紗栄さまがいらっしゃってから、社の穢れも少しずつ祓われていますし、そのうちご自分から戻ってきてくださるかもしれません」

ご飯に納豆《なっとう》をかけながら、鐵が笑う。

ヒサギがいなくなった原因は、社の穢れだと鐵は考えている。まだなんの手掛かりも摑めていないが、少しでも力になれているのならよかった。

「ねえ、ヒサギさまってどんな神様なの？」

「あれ、お話ししませんでしたっけ？　ヒサギさまは草津村を守護する神で——」

「あ、違うの。そうじゃなくて、性格というか……鐵から見てヒサギさまはどんな性格だったのかなって」

ヒサギを捜すのに必要そうな情報は聞いていたが、今までこういったつっこんだ話はしたことがなかった。神様といえばソノエにしか会ったことがないが、他の神様もみんなあんな風なのだろうか。

「ヒサギさまは、そうですね……とても明るくて楽しいお方です！」

「明るくて、楽しい？」

「はい。あと、少し抜けたところがおありです。何年か前の冬、雪が深く積もったのですが、朝からヒサギさまのお姿が見えなくて。昼になっても帰ってこられないので捜しにいってみると、社の近くの川原で岩に腰掛けて、一人でなにか話していらしたんです。どうしたのかと思ってそばへ寄ると、ひどく驚かれて。聞いてみると、近くの雪の塊を、私だと勘違いしてずっとお話しされていたんだそうです」

「神様もそんな失敗するんだね」

思わずくすりと笑ってしまう。

「それにしても、ヒサギさまってそんなふつうに外出されてたの？」

ソノエは社の外どころか、あまり人前にも出てこないようだったが。

「ヒサギさまは本殿にこもっているのがあまりお好きではなかったので。村の外へ出ることはありませんでしたが、社周辺などはよく散策されていました」

「そうなんだ……」

神様にもいろいろいるということか。

「突拍子《とっぴょうし》もないことをされて、驚かされることもありましたが、なによりとても優しい方なのです。社に穢れが溜まってきてからは、よく体調を崩されていたのですが、毎日明るくふるまっていらして……。なので、ここを去られたのは、私たちに心配をかけないようにするためだったのではと思うのです」

鐵の尻尾がしゅんと垂れる。

ヒサギがいなくなってしまったことに、責任を感じているのだろうか。鐵のせいではないと思うが、それを自分が言ったところで、気をつかわせてしまうだけな気がする。

「今週、土日は早起きしてたくさん捜そうね」

慰める代わりにそう言うと、鐵は少し元気を取り戻したようにほほえんだ。

「はい。……早く、社にお帰りいただきたいです」


その日の晩、寝る前にスマートフォンを見ると、メッセージが一件きていた。母親からだ。

『大学入学おめでとう。環境が変わったばかりで今は忙しいかもしれないけど、落ち着いたらこっちにも帰ってきてね。いつでも待ってます』

布団《ふとん》に横になって、じっと文面を見つめる。一昨日《おととい》も、入学式についていかなくていいのかという旨《むね》のメッセージがきていたが、まだ返信していなかった。さすがに二回連続で無視はできない。

少し考えてから、『ありがとうございます』とだけ返す。スマートフォンを枕元に置くと、目を閉じた。

ここへ来たのは、過去の人間関係をすべて捨てるためだった。大学の入学金と授業料は親に払ってもらっているが、生活費などはすべて奨学金とアルバイトでまかなえる。連絡さえとらなければ、ほとんど関係は切れると思っていた。

けれどそれは、両親にしてみれば、薄情な行動なのだろうか。

――すれ違ったまま、二度と逢えなくなることもある。

毛玉の妖の記憶が、脳裏に貼りついたまま離れない。今まで考えたことがなかったが、もしかすると自分のしようとしていることは、両親を傷つけることになるのかもしれない。

両親のことは、決して嫌いなわけではない。記憶がないせいで、うまくいかないことは多かったが、優しい人たちだと思っている。

もしも両親になにかあったら、自分も後悔するのではないだろうか……。

胸にしこりのようなものが残ったまま、ずっと消えない。

答えが出ないまま、気づけば二週間がたっていた。前期の履修《りしゅう》登録期間が終わり、今日からは本格的な授業が始まる。

朝、大学へ行こうと社務所の玄関へ向かっていると、部屋から琥珀が出てきた。

「どうしたんですか、その格好」

琥珀はいつもの着物姿ではなく、グレーのニットに黒のパンツという出で立ちだった。入学式のときは窮屈そうだからと断固スーツを拒否していたのに、どういう風の吹き回しだろう。

「知らないやつに、やたらと声をかけられてうっとうしいから着物はやめた」

「ああ……」

席こそ離れた場所に座るものの、琥珀はすべて同じ授業に出ている。そのため紗栄も、琥珀が声をかけられているのを何度か見たことがあった。

しかし、琥珀が声をかけられる一番の要因は、おそらくその端正な顔立ちだ。格好を変えたところで、目立つ風貌なのは変わらない。むしろ着物をやめたことで、話しかけやすくなるのではという気さえする。

「……なんだ？」

じっと見つめていると、怪訝そうな顔を向けられた。

まあ、琥珀の周りに人が集まったところで自分に害はないし、放っておけばいいか。

「なんでもないです」

靴を履いて、琥珀と玄関を出る。境内《けいだい》を歩いていると、あちこちに咲いている小さな黄色い花が目に入った。

「この花、山吹《やまぶき》でしたっけ。けっこう咲いてきましたね」

半分、独り言のつもりでつぶやく。

どうせ琥珀は、花なんて興味ないだろうし……。

「ああ、きれいだな」

驚いて振り返る。

琥珀でも、花を見てきれいだと思ったりするのか。情緒なんてまるでなさそうな性格をしているのに。

「なにか文句でもあるのか？」

紗栄の思考を読んだかのように、琥珀が眉を寄せる。その表情は怒っているというより、どこか拗《す》ねているように見えた。

こんな顔もするのか。思わず、小さく笑った。

「いえ、きれいですよね。……バスが来るまでまだ時間ありますし、ちょっと見ていきませんか？」

「勝手にしろ」

琥珀は嫌ならはっきり断るはずなので、いいということだろう。そう解釈して、境内を歩き出す。琥珀は黙ってあとをついてきた。

山吹の花には一重と八重《やえ》があるらしいが、境内の山吹は八重咲で華やかな印象だ。見頃にはまだ少し早いが、今でも十分楽しめる。

「あ、ここの山吹、すごく咲いてますよ」

比較的たくさん花をつけている場所を見つけて、足を止める。琥珀はとなりに並んで、「そうだな」と静かに答えた。

そういえば、琥珀と口げんかするでもなく、ふつうに話すのは初めてな気がする。

横目でこっそり、山吹を眺める琥珀を盗み見る。

あいかわらず、嫌味なくらいきれいな顔をしている。中身はともかく、見た目だけなら花の精霊《せいれい》だと言われても納得してしまいそうだ。

髪の色も、朝日に透《す》けて、いつもより鮮《あざ》やかに見えて――。

「そっか、髪の色からきてるんですね」

ふと気がついて、つぶやく。琥珀はいぶかしそうに紗栄を見た。

「琥珀って名前です。前にも何色だろうって考えたことあったんですけど、やっとわかりました。光に当たると、宝石みたいにきれいで……」

言いかけて、しまったと口を閉じる。ほめるつもりなんてなかったのに。答えが出たことがうれしくて、つい口が滑《すべ》ってしまった。

琥珀は驚いたように紗栄を凝視《ぎょうし》している。

「ちが……、今のはその――」

言い訳をしようとした途中で息をのむ。琥珀の手が頰に触れたからだ。

固まっていると、琥珀の顔が近づいてきて、紗栄の頰と琥珀の頰が触れあった。
二、三度頰ずりされて、解放される。
「そろそろバスが来る。行くぞ」

琥珀はなにごともなかったように言って、背を向けた。

「へ？　あ、はい……」

反射的にうなずいて、歩き出した琥珀のあとを追う。鳥居《とりい》をくぐり、石段を下り、長い参道を歩いて――。

「いや、さっきのはなんだったんですか⁉」

バス停まで来たところで、ようやく我に返って抗議した。

あまりにも自然な態度だったから、あやうく流されそうになってしまった。

「……霊力」

少しの沈黙のあと、琥珀が答える。

「霊力をもらっただけだ」

「さっきのでも霊力って渡せるんですか？　というか、どうして急に」

「いつもらおうが、俺の勝手だろ。いちいちおまえの許可がいるのか？」

「逆にどうして、いらないと思ってるんですか？」

「——バスが来たな」

「人の話を聞いてください！」

声を荒《あら》らげるが、琥珀はさっさとバスに乗りこんでしまう。言いたいことは山ほどあるものの、バスに乗ってからは別行動が暗黙の決まりになっている。

深いため息をついて、せめてもの抵抗に琥珀から一番離れた席に座った。

月曜日の一コマ目は神道科の専門授業で、二十人ちょっとの神道学科生が全員集合する。充も同じ授業を取っているため、行きのバスで一緒になった。

「教室は学部棟一階の、多目的室だよね」

スマートフォンの時間割アプリを見て、宗教学部の学部棟へ足を向ける。

「そろそろ講義が始まる時間だな。急ぐぞ」

学部棟に入り、急いで廊下を歩く。しかし、多目的室の前にはなぜか人だかりができていて、中に入っている人はだれもいないようだった。

「どうしたの？」

近くにいた学生に聞くと、「鍵が開《あ》かないみたい」と、肩をすくめて道を空けてくれた。近寄ると、神道科の教授が、困り顔で鍵穴と格闘していた。

「妖の仕業《しわざ》だな」

となりにいた充が、紗栄にしか聞こえないような小さな声でつぶやく。

「鍵穴んとこ、よく目を凝らして見てみろよ」

充が目顔で鍵穴を示す。紗栄は言われたとおり、じっと鍵穴を見つめた。

すると、小さな鍵穴の中から、黒い虫のようなものが一瞬ひょこっと顔を出す。

「あっ」と顔を上げると、充は小さくうなずいた。

「おまえ、ヘアピン持ってるか」

「え、ヘアピン？　ちょっと待ってね……」

鞄を探り、小さなポーチを取り出す。中からヘアピンを一本出して渡すと、充は教授のそばまで歩いていって、となりにしゃがみこんだ。

「先生、ちょっといいですか？」

「ん？　あ、ああ……」

ピンを片手に頼んだ充を見て、教授は少し驚いた顔をしたが、よほど困っていたのか、すんなりその場を退《ひ》いた。充はドアの前に膝をつくと、おもむろにヘアピンを突っこむ。

一瞬間《ま》をおいて、鍵穴から黒い靄《もや》のようなものがあふれ出した。鍵穴を見つめる充の眼光が鋭くなり、小さくなにかをつぶやく。次の瞬間、白い光のようなものが弾《はじ》け、黒い靄が消えた。

あわてて周りの学生たちを見回すが、だれも靄や光が見えなかったようで、表情を変えることなく充を見守っている。

「たぶん、これで開くと思います」

充が立ち上がると、教授は「本当か？」と半信半疑《はんしんはんぎ》な様子でドアへ近寄った。そろそろと鍵穴に鍵を挿しこみ――。

「開いた」

カチャリ、と音を立てて開いた鍵に、教授は目を瞬《しばた》く。

「すげえな、おまえ！　どうやったんだ？」

「鍵職人かよ！」

「ごみが詰まってたから、取っただけだよ」

わっと周りを取り囲んだ同級生に、充はそっけなく返す。紗栄も充のことをすごいと思ったが、その『すごい』はみんなの言うものとは違う。

「妖が視《み》えること、みんなに内緒《ないしょ》にしてるの？」

学生たちが講義室へ入っていくなか、廊下に残って小声で尋ねる。

「まあな。家族と仕事関係の人以外は、だれも知らない」

「どうして？」

祓い屋なんてしているのだし、あんな風に妖を祓ったりできるのだから、言ったら信じてもらえそうなものだが。

「……人に視えないものが視えるなんて、ふつうのやつには気味《きみ》悪がられるからに決まってるだろ」

ヘアピンを紗栄に返すと、充は多目的室へ入っていく。

自分はつい最近視えるようになったばかりだからわからないが、そういうものなのか。

考えながら、充のあとに続いて中に入る。軽く見回すと、履修登録期間に何度か話をした、女の子三人のグループを見つけた。ちょうどその子たちのとなりの席が、一席空いている。

「あの、ここ座ってもいい？」

「あ、紗栄《さ》ちゃんだっけ？　いいよー」

広げていた荷物をどけてくれたので、お礼を言って席につく。

「もうすぐゴールデンウィークだよねー！」

「なにする？　せっかくだし、どこか旅行とか行く？」

三人は再来週から始まる、ゴールデンウィークの話題で盛り上がっているようだ。

話に入ってもいいのだろうか。しかし、みんなで遊ぶ予定のようだし、迷惑かもしれない。

話を聞いていると、どうやら彼女たちはもともと同じ高校に通っていた友だちのようだった。

いいな、入学前から友だちがいるなんて。

紗栄の住んでいた町は、草津村ほどではないにしろ田舎で、小中高と同じ学校へ進む人が多かった。すなわちみんな、記憶をなくす前の紗栄を知っているということで、同級生たちからは腫《は》れ物に触るように扱われていた。

どうして自分だけ、こんなにうまくいかないのだろう。

胸の奥底に、ドロドロとしたものが溜まっていくような気がする。

こんなことなら、一人で座ればよかった……。

「――ん、紗栄ちゃん」

突然、肩を叩かれてはっとする。

「ご、ごめん、なに？」

「紗栄ちゃんはゴールデンウィークなにするのかなって」

三人は笑顔で紗栄を見ている。

ここで予定がないと言ったら、誘《さそ》ってもらえるだろうか。

――でも、みんながそのつもりじゃなかったら、微妙な空気になるかもしれない。

膝の上に置いた手を、ぎゅっと握りしめる。

「……実家に帰る予定だよ」

みんなに言ったから、というわけではないが、月末、ゴールデンウィークに入ると、一度実家へ帰ることにした。

早朝に神社を出て、昼過ぎに実家の最寄り駅に着く。一か月ぶりの町の風景は、なんとなく懐《なつ》かしさを感じた。

記憶をなくしても、七年も暮らしていたらこういう気持ちになるのか。少し複雑な気分で、駅の階段を下りていく。

ひさしぶりに両親に会うと思うと、なんだか緊張してきた。

『ゴールデンウィークは帰省するか？』と昨日父からメッセージが届いていたが、ぎりぎりまで迷っていたこともあり、返信していない。突然帰ってきたら、きっと驚くだろう。もしかすると旅行に出かけたりしているかもしれないが、そうだとしたらむしろ、少しほっとする……。

考えて、軽く首を振る。

そんな後ろ向きではだめだ。両親と今後、関係を続けていくか、まだ迷っているところはあるが、とにかく今日は二人に会おうと決めたのだから。

小さく深呼吸して、顔を上げる。そのとき、駅前の喫茶店が目に入った。

……そういえば、喉がカラカラだ。両親に会う前にお茶でも飲んで、一休みした方がリラックスして話せるかもしれない。

若干《じゃっかん》、言い訳のような言葉を頭のなかで並べて、喫茶店に入る。店内は昭和レトロな雰囲気で、壁には古いポスターが貼ってあり、テーブル席の間には、すりガラスの嵌《は》まった、木製の衝立《ついたて》が置かれている。

紗栄は店の一番奥の席に案内された。お昼どきを少し外したせいか、店内には他に客はいない。アイスティーとサンドウィッチを頼むと、すぐに用意してくれた。

店で流れているクラシックの曲を聴きながら、アイスティーを一口飲む。渇いた喉に、水分がじんわりと染みこんでいくのを感じた。

——記憶をなくしてからまだ間もないころ、両親と一緒にこの喫茶店へ来たことがある。あのときは、二人とどう接すればいいのかわからなくて、気の休まるときがない、一番苦しい時期だった。

そんな自分に、二人は「無理にお父さん、お母さんと呼ばなくていい」と言ってくれた。その言葉に、とても救われたのを覚えている。

そろそろ店を出よう。

小さく息をついて、財布を出そうと鞄の中を探る。そのとき、ドアのベルが鳴って店に客が入ってきた。

顔を上げて、驚く。両親だ。

声をかけようか迷っている間に、二人は店員に案内されて、衝立を挟んだ反対側の席に座った。

「紗栄から返事はあった？」

唐突に自分の名前が出て、どきりと胸が鳴る。一瞬なんのことかと考えて、すぐに昨日の父親からのメッセージのことだとわかった。

「いや……まだだよ」

ため息混じりに父親が答える。二人の声は、どこか疲れているように聞こえた。

こんな両親は、今まで見たことがない。

今朝にでも、返信しておけばよかった。——いや、今からでも送った方がいいだろうか。

ポケットにあるスマートフォンを取ろうと、テーブルに置いていた手を下ろす。

「私、これまでずっと努力してきたつもりよ。これ以上どうしたらいいの？」

母親の声はかすかに震えていた。とっさに動きを止めて、耳をそばだてる。

聞いてはいけないような気がして、それなのに、全神経を衝立の反対側へ向けてしまう。

母親が、小さく息を吸いこむ音が聞こえた。

「──あの子とどう関わっていけばいいのか、もうわからない」

一瞬、時が止まったような気がした。周りの音がなにも聞こえなくなって、自分の心臓の音だけがどくどくと響いている。

しばらくして、店内に流れていたクラシックが聞こえ始めたけれど、薄い膜で耳を覆われているようにくぐもって聞こえた。

口の中に溜まった唾を飲もうとして、つかえる。喉の奥に、なにかが詰まっているようで苦しい。アイスティーに手を伸ばして──自分の手が震えているのに気づいてやめた。

うつむいて、身を縮めて。両親が店を出ていくまでの間、ずっと息を殺していた。


「あれ、今日はご実家に泊まるのではなかったのですか?」

夜、社務所に帰ると、鐵が驚いた顔をした。

「うん……。そのつもりだったんだけど、家にだれもいなくて」

「すみません、帰られないと思っていたので、紗栄さまの夜ご飯を用意していないんです。すぐに作りますね」

「いいよ。今日は疲れたし、このまま寝るね」

おやすみ、と手を振って部屋に入る。荷物を下ろすと、布団も敷かずに畳の上に横になった。

じっと天井の木目《もくめ》を見つめていると、じわりと視界が滲む。なんとかこらえようと唇を噛むが、こらえきれず涙がこぼれた。

なにを傷ついているんだろう。自分が望んだことじゃないか。

きっとこれで、両親とは縁が切れる。――よかった。これからは、記憶をなくす前の自分に囚《とら》われることなく、自由に生きていけるんだ。

「よかった……」

自分に言い聞かせるように、つぶやく。それなのに、いつまでも胸の痛みは消えてくれなかった。


翌日からは、鐵とヒサギ捜しをするようになった。

なにかに集中していると、よけいなことを考えなくてすむからいい。毎日、朝早くから日が暮れるまで、大学入学前より熱心にヒサギを捜した。

「私としてはありがたいのですが、こんなに毎日付き合っていただいていいのでしょうか……？」

ゴールデンウィークに入って四日目の夕方、神社へ帰りながら鐵が尋ねてきた。

「せっかくの連休ですし、紗栄さまもどこかへ遊びにいったりされたいのではないですか？」

うかがうように顔をのぞきこまれて、一瞬言葉に詰まる。

「べつに、なにも予定はないから大丈夫だよ」

誤魔化《ごまか》すように笑ったところで、スマートフォンが鳴った。見ると充からのメッセージで、野菜はいらないかという内容だった。

ここへ引っ越して来る前は、奨学金だけでは心もとないからと、アルバイトをする予定だった。しかし充の父がときどき野菜などをくれるおかげで、食費がかなり浮いて、今のところ奨学金だけで生活できている。

充に今からもらいに行くと返信して、足を止める。

「ごめん、先に帰っててくれる？　野菜もらいに、充のところへ寄るから」

「わかりました。社に着いたら、琥珀さまに荷物持ちを頼んでおきますね」

「うん。よろしく」

鐵と別れて、来た道を戻る。充の家に着くと、インターフォンを押した。

ほどなくして、充が玄関から出てくる。

「野菜、中にあるから上がれよ」

「え？　うん……」

いつもは家に入らず、玄関先でもらっているのだが。

少し疑問に思いつつも、言われたとおり中に入る。

「充のお父さんいるの？」

「ああ。今は客が来てて、その相手してるけど」

「お客さん？」

だから、中で待っていろということなのだろうか。

「──いろいろとご迷惑おかけしてすみません」

靴を脱いだところで、話しながら廊下を歩いてくる音が聞こえた。その声に、驚いて顔を上げる。

今の、声は──。

「……紗栄」

廊下から現れた両親が、紗栄を見て目を見張る。反射的に、身をひるがえして充の家を飛び出した。

「おい、待てよ！」

田辺神社の前まで来たところで、追ってきたらしい充の声が聞こえた。足を止めると、息を切らせながら近寄ってくる。

「ひさしぶりに会ったんだろ。なんで逃げるんだよ」

「そんなの……会いたくなかったからに決まってるでしょ」

充から顔をそらして、拳を握りしめる。

「二人だって、私になんて会いたくなかっただろうし。関わらないでいた方が、おたがいのためなんだよ」

「……それ、おまえの両親は納得《なっとく》してんのか？」

とっさに答えられないでいると、強く肩を摑まれる。

「全部おまえの独りよがりだろ。『おたがいのため』なんて言葉で、無理やり自分のこと正当化してんじゃねえよ」

顔を上げた紗栄をにらむようにして、充が言った。その言葉にカッと頭が熱くなる。

「なんで充にそんなこと言われなきゃいけないの？　関係ないでしょ、ほっといてよ！」

叫んだ勢いのまま、充の手を振り払う。

「……わかったよ。もう勝手にしろ」

充はため息をついて、視線を落とした。

「ただ、これだけは知っとけ。いつもおまえが父さんからもらってる野菜……あれ、おまえの両親に頼まれて用意してたものなんだよ」

「——え？」

「おまえが気をつかわないように、黙っててほしいって言ってさ。おまえは縁切ったつもりでいたのかもしれないけど、そんなこと全然ねえから」

踵《きびす》を返して、充が去っていく。

それで両親は、さっき充の家にいたのか。初めて野菜をもらったときも、やけに用意するのが早いと思っていたが、もしかすると、あれも両親に頼まれて、もともと用意していたものだったのかもしれない。

「……なにそれ」

自分はそんなこと聞いていない。知らなかったのに、あんな風に責められるなんて、理不尽だ。

うつむくと、さっき見た両親の顔が脳裏《のうり》に浮かぶ。胸が締めつけられるように苦しい。

このままではいけないと頭ではわかっているのに、鉛《なまり》のように体が重く、動くことができない。

「紗栄さん」

　ふいに聞こえた声に、顔を上げる。

「充に聞いてきました。すみません、あの子がひどいことを言ったようで」

　申し訳なさそうに、充の父が近づいてくる。

「いえ」とゆるく首を横に振ると、充の父はほんの少し笑《え》みを浮かべた。

「あの子の父親として、弁解してもいいですか？」

「……弁解？」

　聞き返した紗栄に、充の父がうなずく。

「座りませんか？」

　うながされて、とまどいながらも鳥居の前の石段に、並んで座った。目の前には、苗を植えたばかりの水田が広がっている。

　夕焼け色に染まった水面《みなも》を眺めていると、充の父がぽつりぽつりと話し始めた。

「あの子の母親は、いわゆる『視えない人』だったんです。私もほとんど視えない人間だったので、家業の祓い屋についてもあまり話したことがなくて。そんななかで生まれたのが充でした。

　充は幼いころから、妖や神様を視ることができました。私は父が視える人だったので、自然に受け入れられましたが……妻は無理でした。気味が悪いと言って充を拒絶して、同じ家にいても目を合わせようともしなかった。

なんとかわかってもらおうと、私も充も努力したのですが、結局、あの子が八つのときに、家を出ていってしまいました」

以前、「人に視えないものが視えるなんて、ふつうのやつには気味悪がられる」と充が言っていたのを思い出す。

充がそう思うに至った原因は、自分の母にあったのだ。

「紗栄さんのご両親は、紗栄さんのことを大切に想っています。だから、はたから見ていてもどかしかったんだと思います。……どうか許してやってください」

充の父の言葉に、紗栄は視線を落とした。

「私、両親に大切に想われてるんですか？」

両親が世話を焼いてくれるのは、ただの義務感なのではないだろうか。

喫茶店で両親の会話を聞いてしまったことを話すと、充の父は困ったようにほほえんだ。

「どんなときでも、ひたむきに相手を想うことだけが、愛なんでしょうか」

「……どういうことですか？」

尋ねると、充の父は少し考えるように目をふせた。

「親子であっても、しょせんは違う人間です。相手の気持ちを完全に理解することはできないし、わかりあえないところがあるのはあたりまえです。私だって、充の考えていることがわからなくて、途方に暮れることがあります」

苦笑して、充の父は紗栄を見つめる。

「迷ったり、悩んだり、うまくいかなくて。それでも、充のことは大切に想っています。……この気持ちは、愛ではないんでしょうか？」

目の奥が、じんわりと熱くなる。

「今の世の中、友人も恋人も就《つ》きたい職業も、なんでも自分で選ぶことができますよね。けれど一つだけ、選ぶことのできないものがあります。なんだかわかりますか？」

うつむいて首を横に振ると、「紗栄さん」と優しく呼びかけられた。

顔を上げた紗栄に、充の父は笑みを浮かべる。

「それは、親子の縁《えん》です。親はどんな子を生むか選べないし、子の方も親を選ぶことはできません。人生のなかで一番思いどおりにならないもので、人によっては呪《のろ》いになることもあるでしょう。

ですが、おたがいを大切に想うことができれば、きっとなによりも強いきずなになります。……向きあう前から捨ててしまうのは、もったいなくはないですか？」

言葉の一つひとつが、胸に刺さって苦しい。

込み上げてくるものを、必死でこらえながら、紗栄は口を開いた。

「両親は、今……」

「もう家を出られましたので、バス停の方へ向かわれたと思います」

充の父が言った瞬間、立ち上がる。足が勝手に動いて、気づけば走りだしていた。

なにを言えばいいのか、まだわからない。けれど、とにかく今、両親に会いたい。


バス停に着いたが、両親の姿はなかった。スマートフォンで時間を確認すると、バスは十分前に出ていた。

一時間に一本しか、バスは来ない。次のバスを待っていたら、二人は電車に乗ってしまうだろう。

どうしてもっと早く、行動しなかったんだろう……。

鼻の奥がツンとして、涙がこみ上げてくる。

「おい」

突然、琥珀の声が聞こえた。

「おまえ、野菜を取りに行ったんじゃな――」

振り向いたとたん、琥珀は言葉を止めた。あわてて目尻に浮かんだ涙をぬぐうと、琥珀は足早に近づいてくる。

「どうした。なにがあったんだ？」

心なしか、尋ねる声がいつもより優しい。その声に押されるように、紗栄は口を開いた。

「りょ、両親が来てて。会おうと思ったけど、もうバスが行ったあとで、それで……」

声が震えそうになって、唇を引き結ぶ。

こんなことで泣くなんて、琥珀はあきれてしまっただろうか。

「わかった。駅まででいいんだな」

「……え？」

驚いて顔を上げると、琥珀の姿が青白い光に包まれた。同時に靄がかかったように、目の前がかすむ。

数回まばたきをすると靄は晴れ、代わりにそこにいたのは、美しい琥珀色の毛並みの獣《けもの》だった。姿形は狐のようだが、四つ足で立っていても、目線の高さが変わらないほど大きい。

「こ、琥珀、さん？」

声をかけると、琥珀は振り返って自分の背を鼻先で示した。

「乗れってことですか……？」

琥珀はうなずいて、地面にふせる。紗栄はおそるおそる、近寄った。背に跨《また》がり、首に腕を回して、ふかふかの毛に顔をうずめる。深く息を吸うと、陽だまりの匂いがした。

ゆっくりと琥珀が歩き始め、徐々にスピードを上げていく。風が頬を切り、景色は飛ぶように過ぎていった。


駅から離れた人気《ひとけ》のない雑木林で、琥珀は足を止めた。紗栄が下りると、すぐに人の姿に戻る。

「あの、ありがとうございました」

「いいから急げ」

「はい」

琥珀にうなずいて、駅へと走り出す。今の時間からすると、両親たちはちょうど駅に着いたころだろう。

どうか、間に合ってほしい。

息が上がって、心臓まで痛くなる。何度も足が止まりそうになりながら、必死で走り続けた。

そうしてなんとか、駅前にたどりつく。上体を屈《かが》めて激しく呼吸しながら、周囲を見回した。

——いない。もう駅の中に入ったのだろうか。

疲れて力の入らない足を、無理やり動かして階段を上がる。明かりのつきはじめた駅は閑散《かんさん》としている。改札口の前まで来て、紗栄は目を見開いた。

両親だ。すでに改札を抜けて、プラットホームへ向かおうとしている。

「待って……」

——記憶のなかの両親は、いつも笑顔だった。強く当たってしまった日の翌朝も、いつも、なにごともなかったように、明るく接してくれていた。

それは両親が、努力して与えてくれていたものだったのだ。喫茶店で聞いた、疲れた声や会話は、両親が見せないようにしてくれていた本音《ほんね》だ。

それなのに、与えられていたものに気づきもしないで、無償《むしょう》の愛がもらえないと泣いていた。自分はさんざん、両親を傷つけておいて……。

私はいつも、両親に対して求めるばかりで、なにかしてあげたことがあっただろうか。

「待って！　お父さん、お母さん！」

改札の外から、声を張り上げて叫ぶ。歩いていた両親の足が止まって、ゆっくりとこちらを振り返った。

「紗栄……」

二人は目を見開いて、近づいてくる。

「今、私たちのこと、お父さん、お母さんって呼んだ……？」

信じられないように、母親は紗栄を見る。紗栄はいつの間にかあふれていた涙をぬぐって、二人を見上げた。

「ごめんなさい……。今まで二人のこと、たくさん傷つけて」

自分は大学でうまくいかないからと、家を逃げ場のように使おうとしておいて、そのくせ両親に対しては、自分に向ける愛情が少しでも純粋なものでなかったら、感情のままに怒って泣いていた。

――そんなわがままな自分でも、変わらず愛してくれた。

「いつも私のこと、心配してくれてありがとう。一人暮らししたいってわがままも、許してくれてありがとう」

何度ぬぐっても、涙があふれてくる。

「私の、お父さんとお母さんでいてくれて、ありがとう……」

うつむくと、背中に腕が回されて、改札越しに抱きしめられる。両親はなにも言わないで、優しく背中をなでてくれた。

両親にゴールデンウィーク中、帰省することを約束して駅を出ると、バス停のベンチに琥珀が座っていた。

「待っててくれたんですか?」

となりに座ると、横目でちらりと見られる。

「親には会えたのか?」

「……はい。ありがとうございました」

笑みを浮かべた紗栄に、琥珀はふんと鼻を鳴らした。

「バスと違って、俺には『ありがとう』の一言ですむから、安くついていいな」

せっかく感謝していたのに、またそういう嫌味っぽいことを言う……。

むっとしつつも、今は大きな借りがある状態なので、強く出られない。

「じゃあ、お金を払いましょうか? それとも、前みたいに土下座《どげざ》がお望み?」

「そんなものはいらない」

「だったらなにが欲しいんですか」

ため息混じりに言うと、琥珀は黙りこんだ。

ときどき、なにか言いたそうに口を開いては、やめる。……なんなんだ。

「――名前」

　ようやく声を出したと思うと、なぜか怒ったようににらまれた。

「前から、おまえのその他人行儀《たにんぎょうぎ》な口調がうっとうしかったんだ。敬語も邪魔だし、ふつうに名前で呼べ」

　いつもより少し早口で、琥珀が言う。

「敬語なら鐵だってそうじゃないですか」

　いぶかしく思って尋ねると、「嫌ならいい」とそっぽを向かれた。

　嫌だなんて一言も言っていないのに。どうしていつもこう、けんか腰なのだろう。

「わかった……。じゃあ、琥珀」

　ため息をついて、名前を呼ぶ。

　その瞬間、琥珀の横顔が真っ赤に染まった。

「……それでいい」

　小さな声で言って、立ち上がる。琥珀はそのまま、どこかへ歩いていってしまった。

「な……なんなの……」

　自分は平気でキスしたりするくせに。急に純情な乙女《おとめ》みたいに、名前を呼ばれたくらいで赤くなったりして、意味がわからない。

うつむいて、両手で顔を覆う。

——本当に、わからない。つられて自分の頰まで熱くなっている理由も。

琥珀はバスが来るまで、戻ってこなかった。


社務所へ帰ると、充に電話をかけた。両親のことを教えてくれた、お礼を言おうと思ったのだ。

コール音が数回鳴って、「もしもーし、紗栄?」と明るい声が聞こえる。

「……穂積ちゃん?」

充が出ると思って緊張していたのが、拍子抜けした。

「充は今、お風呂入ってるんだ。もうすぐ出てくると思うけど」

穂積の声と一緒に、椅子に座ったような音がする。

「けんかしたんだってね。充、へこんでたよ」

「そうなの?」

むしろ、まだ怒っているかもしれないと思っていたのだが。

驚く紗栄に、穂積はくすくすと笑う。

「あんな性格だからわからないかもしれないけど、充、紗栄と友だちになれてうれしかったんだよ。妖が視える人って、今まで周りにいなかったから」

「……そっか」

母親のこともしかり、充は妖が視えることで、いろいろ傷ついたり苦労したりすることが多かったのかもしれない。

自分は記憶がないせいでたくさん苦しんでいて、人より不幸だと思っているふしがあった。けれど、周りの人も自分が知らないだけで、きっとそれぞれ抱えているものがあるのだ。

「なんか、私って本当自分のことばかりで、だめだなあ……」

「なあに、紗栄も落ちこんでるの？　二人ともまだまだ若いんだから、未熟なのはあたりまえでしょ。せめて五百年くらい生きないと、精神的に大人にはなれないよ」

穂積の言葉に、思わず吹き出す。

「人間はそんなに長く生きられないよ」

「そうだっけ？　まあとにかく、充とはこれからも仲よくしてあげ――」

「ほ、穂積さん⁉　なに人の電話出てるんですか⁉」

突然、充の声が穂積をさえぎった。

「あ、充、上がったみたい。またね」と穂積が言って、「紗栄から電話だよ」と遠くなった声が聞こえる。うろたえる充と、楽しそうな穂積のやりとりが、少しの間続いた。

「もしもし……」

しばらくして、気まずそうな充の声が聞こえる。

「夕方の件で電話したんだけど。両親のこと、教えてくれてありがとう」

「……仲直りできたのか？」

「うん」

紗栄が答えると、充はしばらく黙ったのち、深く息をついた。

「その……あのときは、悪かった。……ちょっと言い過ぎたと思う」

ぼそぼそと、ばつの悪そうに謝る充に、つい笑ってしまう。

これが電話でよかった。今の顔を見たら、きっと充は拗《す》ねていただろう。

「いいよ。気にしてないから」

紗栄の言葉に、充は「なら、いいけど」と少し声色を明るくした。

また改めて、野菜をもらいに行く約束をして、通話を切る。そのままスマートフォンを置こうとしたが、思い直してメッセージアプリを起動した。

——ずっと、だれも自分のことを知らない場所へ行きたかった。うまくいかないことをすべて、自分以外のもののせいにしていたから、環境さえ変われば楽しく生きられると思っていたのだ。

けれど、それは間違いだった。問題はずっと自分のなかにあって、だから、新しい場所に来てもうまくいかなかったのだと思う。

一番大切なのは、きっと、自分の心のありようだ。なにかを変えたいと思うなら、まずは自分が変わらないと。

大学で知り合った女の子三人に、緊張しつつ、『今度一緒に遊ぼう』とメッセージを打つ。何度も文面がおかしくないか確認して、「えいっ」と送信した。

メッセージ一つ送るだけなのに、なんだかどっと疲れてしまった。けれど少しだけ、自分をほめてあげたいような気分だ。

「よし、私もお風呂入ろう！」

立ち上がったところで、スマートフォンが鳴る。返ってきたメッセージを見て、思わず笑顔になった。

『いいね！　いつにする？』

三章　禁足地

「明日はどこを捜そっか」

六月最初の金曜日、朝食を食べながら鐵《くろがね》に尋《たず》ねる。

ヒサギを捜し始めてから、約二か月。休日にはあちこち捜しに行っているが、いまだに手掛かりの一つも見つかっていない。鐵が言うには、社《やしろ》の穢《けが》れはほとんど祓《はら》えているらしく、ヒサギが帰ってこない理由もわからないでいた。

鐵は少しの沈黙のあと、顔を上げた。

「明日は、浮橋山《うきはしやま》を捜してみようと思います」

「え……浮橋山？」

浮橋山とは紗栄《さえ》が記憶をなくした場所で、逢魔《おうま》が時に高天原《たかまがはら》へ続く橋が現れるという伝承《でんしょう》のあるところだ。

草津《くさつ》神社の裏手にある山だが、禁足地《きんそくち》があり、無闇《むやみ》に立ち入ってはならない場所なため、今まで捜したことはなかった。

「紗栄さまはついて来られなくて大丈夫です。危ないかもしれないので、今回は私一人で行きます」

「一人なんて、だめだよ。私もついていく」

「……よろしいのですか？」

ためらいがちに、鐵が尋ねる。その言葉に「もちろん」と大きくうなずいた。

危険な場所なら、なおさら一人で行くべきではない。

「ありがとうございます。……本当は、紗栄さまについて来ていただければと思っていたのです」

「そうだったの？　それなら最初からそう言ってくれたらいいのに」

これまでずっと一緒に捜してきたのに、今さら遠慮するなんて水くさい。

「そうですね……」と、鐵は曖昧《あいまい》に笑った。

「あ、もうこんな時間。私は行くね。詳しいことは帰ったら話そう」

時計を見て、あわてて台所へ食器を運ぶ。部屋へ戻って鞄を持つと、廊下《ろうか》へ出た。玄関へ向かう途中、琥珀《こはく》が使っている部屋の前で足を止める。

いつもなら、紗栄が朝食を食べ終わったころに部屋から出てくるのだが、まだ寝ているのだろうか。

「琥珀、いる？」

声をかけてみるが、返事はない。

「入るよ……？」

おそるおそる、部屋の襖を開ける。ほとんど物のない殺風景な部屋の中、琥珀は畳に丸くなって寝ていた。布団《ふとん》は片づけているし、大学へ行く格好をしているので、一度は起きたようだ。二度寝だろうか。

足音を立てないよう、そっと近づいてしゃがみこむ。

少し口を開けて眠る姿は、どこか幼く見えた。ふだんは怒っているか無表情かのどちらかが多いから、きつい印象に見えるけれど、こうしていると意外にかわい――。

「俺の顔になにか付いてるのか」

突然、目を閉じたまま琥珀が言った。

「おっ、起きてたなら言ってよ！」

すぐさま距離を取って、どきどきと鳴る心臓を押さえる。琥珀はゆっくりと体を起こして、紗栄を見た。

「それで、どうして見てたんだ？」

「……べつに。その見た目で性格悪いなんて、詐欺《さぎ》だなと思ってただけ」

答えると、じっと無言で見つめられる。

「な、なに?」

「おまえ、この顔が好きなのか」

「すっ……」

思わず言葉を失ってしまう。なにを突然言い出すんだ。

琥珀は動揺する紗栄の腕を摑んで、軽く引き寄せた。

「そんなに見たいなら、好きなだけ見ればいい。特別に許してやる」

間近に迫った端正な顔は、かすかに笑っている。……これは完全に、からかわれている。

「結構です!」

憤慨《ふんがい》して腕を振り払うと、こらえきれないといった風に琥珀が笑い出した。

「く……っはは!」

つい、怒っていたことも忘れて琥珀を見つめる。そういえば、琥珀が声に出して笑うところは初めて見た。

あまりにも楽しそうで、なんだか文句を言う気が削《そ》がれてしまう。

紗栄はため息をついて、立ち上がった。

「私はもう出るから」

「待て。俺も行く」

琥珀の声に、部屋の外へと向けた足を止めて振り返る。琥珀は立ち上がろうと腰を上げた次の瞬間、胸を押さえて畳に膝《ひざ》をついた。

「大丈夫？」

あわてて駆け寄って、琥珀の背に腕を伸ばす。しかしその手は軽く押しのけられた。

「……なんでもない」

小さく深呼吸すると、立ち上がって部屋を出ていく。その背中を、紗栄はとまどいながら見つめた。

琥珀は毎日大学について来るものの、ここ一週間ほど、授業にほとんど出ていない。家でも部屋にこもっていることが多くなっているが、もしかして具合でも悪いのだろうか。

気になるが、以前、授業に出ない理由を聞いても教えてくれなかった。また「おまえには関係ない」と言われるのがオチだろう。

人のことにはあれこれ手も口も出すくせに、琥珀は自分のことをなにも話してくれない。——少しは頼ってくれたらいいのに。

バス停で待っていると、ほどなくしてバスが来る。琥珀は後部座席の窓側に座った。いつも紗栄は琥珀から離れた席に座るのだが、今日はステップを上がったところで足を止める。

以前、琥珀に頬ずりされたとき「霊力をもらうためだ」と言われた。あんなことはできないが、触れるだけでも霊力を渡せるのなら……。

ためらいがちに琥珀の席に近づく。琥珀は読んでいた本から顔を上げて、怪訝《けげん》そうに紗栄を見上げた。

なんだか、急に恥ずかしくなってきた。目が合うと頬に熱が集中し、あわてて目をふせる。

「その……と、となり座っても、いい？」

エンジン音にかき消されてしまいそうなほど、小さな声で尋ねる。

心臓の音がばくばくとうるさい。たかがとなりに座ることを頼むくらいで、どうしてこんなに緊張するのだろう。

いたたまれない気持ちで、スニーカーのつま先を見つめるが、なかなか返事が返ってこない。

聞いているのだろうか？

不安になって視線を上げると、琥珀は紗栄を見上げたまま、目を丸くして赤くなっていた。

目が合うと、顔をしかめてそっぽを向く。そっけない態度だが、髪の毛の隙間から見える耳は赤い。

「……勝手にしろ」

――なんなんだ。琥珀の照れるタイミングがさっぱりわからない。

大人《おとな》しくなりかけていた胸の鼓動が、また激しくなっていく。

「そ、それなら勝手にする」

怒ったような口調で言うと、琥珀のとなりに座った。つとめて意識しないようにするが、せまい座席ではどうしても肩や腕が触れあってしまう。

もともとそれが目的だったのだが、琥珀が少し身じろいだり、息をついたりするたびに、おおげさなほど心臓が跳《は》ねた。

一体自分はどうしてしまったのだろう。琥珀の表情や言動に、こんなにも気持ちをかき乱されて。これではまるで――琥珀のことが好きみたいじゃないか。

カッと火でもついたように、全身が熱くなる。

まさか、そんなわけはない。

火照《ほて》る顔を振って、今しがた浮かんだ考えを必死に振り払う。変な汗が額に浮かんで、握りしめた手のひらにもじっとりと汗をかいていた。

る。

「どうしたんだ？　顔が赤いぞ」

ふいに琥珀がこちらを向いた。さらには顔色をうかがうように、のぞきこんでく
る。

自分だって、さっきまで赤かったくせに！

心のなかで絶叫するが、当然ながら琥珀には届かない。

「熱でもあるんじゃないのか」

「ない！　ないから放っておいて！」

なんとか離れようとせまい座席で身動きするが、琥珀はさっきの照れは幻かと疑
いたくなるほど、近かった距離をさらに縮めてくる。

耐えきれず席を立とうとした、そのとき。

「なにやってんだ、おまえら」

あきれたような声が降ってきて、顔を上げる。いつの間にかバス停に停まってい
たようで、視線の先には充《みつる》がいた。

「お、おはよう！」

「べつに立たなくても」

「いや、ちょうど席替えたいなって思ってたところだから！」

誤魔化《ごまか》すように笑って、一人掛けの席へ移動する。

「はあ……？　まあ、いいけど。そういえば、おまえんとこの神様捜し、どうなってんだ？」

通路を挟んだ反対側の席に座って、充が尋ねる。

「それが、全然だめで。明日は浮橋山へ捜しに行くつもりだけど……」

「浮橋山だと？」

突然、鋭い声で琥珀がさえぎった。本を閉じて立ち上がり、つかつかと歩み寄ってくる。

「だれの案だ。鐵か？」

「そ、そうだけど……」

紗栄が答えると、琥珀は小さく舌打ちした。

「いいか。浮橋山へは絶対に行くな」

「なんで？」

「なんでもだ。いいから黙って言うことをきけ」

乱暴なものいいに、むっとする。

「言うこと聞いてほしいなら、理由くらい話して」

「理由なんて話す必要もない。そもそも、おまえみたいな中途半端な霊力の人間が、妖《あやかし》だとか神様だとかに関わるべきじゃないんだ」

「それじゃあ琥珀とも、関わるべきじゃなかったっていうの？」

尋ねると、琥珀は目を閉じて息をついた。

「……そうだ」

ゆっくりと琥珀が目を開く。

「俺は、おまえと出会いたくなかった」

まるで苦《にが》いものでも吐き出すかのような口調だった。

一瞬間を置いて、ゆっくりと痛みが胸をえぐっていく。

「本当に、そう思ってるの……？」

口が勝手に、すがるような言葉をこぼす。琥珀は無言のまま席へ戻り、紗栄の問いかけに答えることはなかった。


翌日、紗栄は朝早くにお弁当を用意して、鐵とともに神社を出た。充が付き合ってくれると言ったので、まずは待ち合わせ場所へ向かう。

「あれ、稲穂《いなほ》ちゃんも来てくれたの？」

到着すると、充の陰に隠れるようにして稲穂が立っていた。

「稲穂さんは霊力を感知する能力が高いんだ。ヒサギさまが近くにいたらわかるから、ついて来てもらった」

「そうなんだ。ありがとう、稲穂ちゃん」

「……おまえんとこの狐は、来なかったのか？」

紗栄の後ろを捜すように、充が見る。

「うん……。というか、昨日大学に着いてから、ずっと顔合わせてないから」

玄関に靴はあったので、帰ってはきているようだが。今朝も、山へ行くのを止められるかもしれないと思ったが、部屋から出てくることはなかった。

「まあ、あのひとのことはいいからさ！　時間もったいないから、早く行こう！」

気を取り直して明るく笑うと、浮橋山へ向かって歩きだす。

浮橋山には、逢魔が時に高天原へ続く橋が現れるという伝承がある。充によると、真偽《しんぎ》はさておき、そうした伝承が残るのには理由がある――つまり過去に実際、逢魔が時に浮橋山へ入って、危険な目に遭《あ》った人がいる可能性があるらしい。なので、今日は日が暮れる前には帰ろうと約束をしていた。

しばらく歩くと、浮橋山のふもとに着く。人が立ち入らない山であるため、整備された道はない。

「紗栄さまは私の背に乗っていただくとして、お二人はどうしましょう？」

獣《けもの》の姿に変わって、鐵が充たちを見上げる。すると稲穂が無言で紗栄たちから距離を取り、目を閉じた。ゆっくりと周囲に靄《もや》が現れ、稲穂の姿が見えなくなる。

次の瞬間、風が吹いて靄が晴れると、そこには大きな白い蛇がいた。長さは十メートルほどで、腕を回しても届かなそうなほど太い。

「おれは稲穂さんに乗せてもらう」

そう言うと、充は慣れた様子で稲穂の背に乗った。鐵は「さあ、紗栄さまもどうぞ」と屈《かが》んでくれる。しかし、鐵のサイズは大型犬より二回りほど大きいくらいで、乗るのは若干《じゃっかん》ためらわれる。

「大丈夫かな？　私が乗って、潰《つぶ》れちゃわない……？」

「だっ、大丈夫ですよ！　こう見えて、力はあるんです！　田辺《たなべ》神社の神使《しんし》には負けません！」

対抗心に火をつけてしまったらしく、尻尾《しっぽ》をぶんぶんと振って抗議される。

おそるおそる背に乗ってみると、鐵の言うとおり、ふらつくこともなく安定感があった。これなら大丈夫だと安心して、充たちと山へ入る。

山の中は鬱蒼《うっそう》としていて、どことなく気味《きみ》が悪い。

こんな山の中に、記憶をなくす前の自分は、どうして入ったのだろう……。

「おまえさ……もし記憶が戻るなら、取り戻したいって思うのか？」

ふいに、充が前を向いたまま尋ねた。

「それは……」

答えようとして、口ごもる。両親のことを思えば、取り戻した方がいいのだろう。だが、どうしても記憶が戻ることへの恐怖が消えない。

「どうして急に、そんなこと聞くの？」

「おまえって、ここに来て少し、昔のこと思い出したんだろ？　ふつう、もっと知りたくなるもんじゃねえのかって、ずっと思ってたんだ」

充の言葉に、紗栄はうつむいた。

「気にならないわけじゃないよ。でも……それ以上に、思い出すのが怖《こわ》くて。どうしてなのかわからないけど、記憶が戻ることを考えたら、怖くてたまらなくなる」

理由もないのに怖いなんて、きっと充には理解できないだろう。充は「そうか」と答えたきり、なにも言わなかった。

七年前、自分はこの山に入って記憶をなくした。事故に遭ったせいだと聞いているが、詳しいことは知らない。

なにがあったのか、気にならないわけではないけれど、やはり知りたくないと思ってしまう。両親とも和解できたし、今のままでもいいのではという気もしていた。

怖いのに、無理にでも思い出さなければならない理由があるとは思えない。

山頂に着いたところで、休憩《きゅうけい》を取ってお弁当を食べた。稲穂と鐵の背に乗っているため、ふつうに歩くよりずっと早く移動できているはずだが、浮橋山はこの辺りで一番標高の高い山なので、頂上に着くまでずいぶん時間がかかってしまった。

行きは山の側面を、縫うようにまんべんなく捜したが、帰りは日が暮れる前に山を出られるよう、なるべくまっすぐ下山することになった。

「帰るまでに、なにか収穫があるといいんだけど……」

ため息をつきながら、鐵の背に乗る。

「来た道とはなるべく違うところ捜した方がいいよな。……いっそ下りは、反対側から帰るか？」

同じく稲穂の背に乗った充が、振り向いて尋ねた。その言葉に、鐵はとまどったように顔を上げる。

「そちらは……」

「もしかして、登って来た方でなにか気になるところでもあった？」

反対側なら、下山した先に草津神社があるので、すぐに社務所へ帰れてちょうどいいと思ったのだが。

鐵はあわてたように首を横に振った。

「いえ、なんでもありません。時間もありませんし、早く行きましょう」

鐵にうながされて、充たちが先を行く。そのあとに続いて、鐵も歩き始めた。鐵の背に乗って山を下るのは、体が前に傾いて、落ちてしまいそうでかなり怖い。なるべく周囲を見回して、ヒサギを見つけるための手掛かりになるものはないか調べなければと思うが、ほとんど鐵にしがみついたままになっていた。

鐵の首に腕を回して、後頭部をじっと見つめる。——なんだかとても、懐《なつ》かしい。過去にもこんな風に、鐵の背に乗ったことがあったのだろうか。

薄暗い山の中、ときおり木漏《こも》れ日が差しこむ。鐵の銀の毛並みが、光を受けて輝いているように見えた。

一体、いつの記憶だろう。懐かしくて、とても——胸が苦しくなる。

「紗栄さま、どうかされましたか？」

異変に気づいたのか、鐵が立ち止まった。しかし、答える余裕がない。

——気持ちが悪い。まるで脳みそに棒を突き立てて、ぐちゃぐちゃにかき混ぜられているみたいだ。

「おい、大丈夫か？」

充の声も聞こえてくるが、答えようにも顔を上げることさえできない。込み上げてくる吐き気を抑えて、紗栄は固く目をつぶった。

「――大丈夫ですか？　紗栄さま」

　ふと目を開けると、心配そうに見下ろす鐵の顔があった。人の姿に戻っていて、紗栄のそばに正座している。

「山を下っていて、突然気を失われたのです。ご気分はいかがですか？」

「……大丈夫」

　ゆっくり体を起こすと、近くに充と、人の姿に戻った稲穂が立っている。

「ごめん。私、けっこう寝てた？」

「一時間くらいだな。起きたばっかで悪いけど、もうすぐ日が暮れそうだから、急いで下山するぞ」

「えっ、もうそんな時間なの？」

「忘れてたけど、今俺たちがいるのは山の東側なんだよ。山体《さんたい》に太陽がさえぎられるぶん、日の入りが早いんだ」

　それなら、急いで帰らなければ。あわてて立ち上がったところで、近くの茂みがガサガサと鳴る。なんだろうと顔を向けると、小さなたぬきが数匹現れた。

　以前、草津神社の前で鐵に紹介された妖だ。

「こんなところにいたら、危ないよ」

　声をかけると、子だぬきたちは弾《はず》むように紗栄たちの周りを走りまわった。

「みんな、あそぼう」

「いっしょにあそぼう」

パンツのすそを咥《くわ》えて、ぐいぐいと引っ張られる。

「だめだって……」

止めようと子だぬきに手を伸ばすが、うまく体に力が入らない。次第に頭までぼんやりとしてくる。

「あそぼう、あそぼう」

子だぬきたちの金色の目が、妖しく光る。

「だめ……」

どうして、だめなんだっけ。わからない——なにも。

ふらふらと、薄暗い山中を歩きだす。

——あそぼう。ずっと、ずっと、いつまでも。みんなでたのしく、輪になって。

月明りの下、無邪気に遊ぶ子だぬきたちの姿が、脳裏に浮かぶ。これは、彼らが妖になる前の記憶だろうか。

——あそぼう、あそぼう。よるがきても、こわいものがきても、だいじょうぶ。

じゃれあいながら、子だぬきたちが夜の山中へ入っていく。

——ぼくらは死んでも、ずうっといっしょ。

「行ってはいけません！　紗栄さま！」

突然、頭のなかに声が響いた。気がつくと、辺りはすっかり暗くなっている。あわてて周囲を見回すと、少し先に、しめ縄の張られた場所がある。鐵たちはそこへ向かっているようだった。

浮橋山には禁足地がある。――逢魔が時に、高天原へ通じる。

「待って！　そっちに行ったらだめ！」

とっさに叫んで、追いかける。しかし、紗栄が追いつく寸前、鐵がしめ縄の内側に足を踏み入れた。

次の瞬間、体を持っていかれそうなほどの強風が吹いた。思わず目を閉じて、両腕で顔を覆《おお》う。

風がおさまったところ、目を開けると、辺りには濃い霧が立ちこめていた。霧は白く発光しているようで明るいが、さっきまであったはずの木々やしめ縄は見えなくなっている。

「どこだ、ここ？　俺たち、どうしてこんなところに……」

「たぬきの妖に操《あやつ》られてたんだよ。覚えてない？」

充と鐵はとまどった顔をする。稲穂だけが、はっとしたように顔を上げた。

「思い出した……。前に私が妖に襲われたときも、あのたぬきの妖に連れてこられたの」

紗栄のそばへ寄ってきて、小さな、ささやくような声で稲穂が言う。

そういえば、以前、毛玉の妖に襲われた稲穂は、なぜか浮橋山のふもとまで来ていた。あのときも、妖に惑《まど》わされていたのか。

「まさか、あの妖たちが……。申し訳ありません。あの妖たちからは悪意を感じなかったので、油断しておりました」

「鐵のせいじゃないよ」

いつの間にか、子だぬきたちの姿はなくなっている。とにかく霧の外へ出ようと、紗栄たちは歩き出した。

しばらくすると、霧の向こうになにかが見えてくる。

巨大な、赤い鳥居《とりい》だ。鳥居の向こう側は真っ暗で、なにも見えない。

いぶかしそうに、充が鳥居に近寄る。

「ふつうの鳥居とは違うな。なんか、妙な気配《けはい》が……」

「――待って」

反射的に、充を止める。

「だめ……鳥居の向こうには、絶対行っちゃだめ」

言いながら、ガタガタと震えだす自らの体を抱きしめる。紗栄の尋常《じんじょう》でない怯《おび》え方に、充は足を止めた。

「私、知ってる。この鳥居の先にあるもの……」

頭が割れるように痛い。それなのに、目は鳥居に向けたまま、少しもそらすことができない。

かすんだ頭のなかに、いくつもの光景が浮かんでは消える。

痛いほど体を打ちつける雨。差し伸べられた手。そして――。

「うわっ！　なんだ⁉」

充が叫ぶ。

突然、爆音が耳をつんざき、地震のような振動が地を揺らした。とっさに踏み出した足が滑《すべ》り、転んでしまう。

振動は一瞬でおさまったが、代わりに草笛のような音《ね》が辺りに響きだした。鐵に助け起こされながら顔を上げると、鳥居の奥にかすかな光が見える。

ぞわり、と肌が粟立《あわだ》った。

――知っている。記憶はないが、この光景にはたしかに覚えがあった。

「逃げましょう！　早く！」

鐵が叫んで、獣の姿に変わる。

「逃げる？　おまえ、この鳥居のこと知ってるのか？」

充が尋ねると、鐵は言葉に詰まったように口を閉じた。そうしている間にも、草笛の音はどんどん大きくなっていく。

「いいから、早く行こう」

とにかく今は、この場から逃げなければ。紗栄は地面に手をついて、立ち上がろうとした。けれど、足が震えてもつれてしまう。うつぶせに倒れそうになった紗栄を、だれかの腕が受け止めた。

顔を上げた先にあった姿に、目を見開く。

紗栄を受け止めていたのは、琥珀だった。息を切らしていて、いつもより、どこか顔色が悪く見える。

「おまえ、どっから出てきたんだ？　というか、なんなんだ、この鳥居は」

充がこちらに近づきながら、尋ねる。

「あれは、高天原へ通じる入り口だ」

「高天原……？　そんな、まさか」

困惑したように、充が琥珀を見る。鐵も黙ったままうつむいた。

「本当なのか」

充の顔が青ざめていく。稲穂も不安そうに充のシャツを摑んだ。

そばに立つ琥珀を見上げると、一瞬目が合う。その瞳に、なにかを決心したような、強い光が浮かんだ。

「こうなったら逃げても無駄だ。……壊すしかない」

琥珀はすばやく鳥居に向き直った。琥珀の右手が青い炎で覆われ、ゆっくりと鳥居へ向けられる。

炎がうねり、鳥居を包みこんだ。

「やめてください！　高天原のものを、私たちが壊せるはずありません！」

鐵が琥珀に向かって叫ぶ。けれど琥珀は振り返ることも、言葉を返すこともしなかった。突き出した右手に左手を重ね、さらに火力を上げる。

すると、鳥居の根元が音を立てて燃え始めた。

「あ、ありえない……」

呆然《ぼうぜん》としたように、鐵がつぶやく。鳥居はゆっくりと燃え落ち、やがて草笛の音も聞こえなくなった。

琥珀の腕から青い炎が消えて、辺りが静寂《せいじゃく》に包まれる。

「琥珀さま……あなたは、一体……」

鐵の言葉に、紗栄は琥珀を見上げる。琥珀は腕をおろすと、ふっと糸が切れたように、膝から地面に崩れ落ちた。

「琥珀！」

あわてて駆け寄ると、琥珀の背中に手を添える。その瞬間、はっと息をのんだ。琥珀の顔は真っ青で、汗一つかいていないのに、体は燃えるように熱い。

「う……」

胸を押さえて、琥珀が苦しそうにうめく。

「心臓が痛いの？」

「……なんでも、ない……」

答えると、琥珀は紗栄から顔を背《そむ》けた。立ち上がろうとするように、一度上体を起こすが、すぐにうずくまってしまう。

「とりあえず、うちの神社へ運ぼう。ソノエさまに診てもらう」

充が言って、稲穂を見る。稲穂はまだ混乱しているのか、琥珀を見つめたまま固まっていた。

「稲穂さん。こいつのこと乗せてやってくれますか？　俺は歩くので」

尋ねられてようやく我に返ったのか、稲穂はためらいがちにうなずいて、蛇の姿に変わる。紗栄たちはすぐに山を下りて、田辺神社へと急いだ。

「ちょっと待ってろ」

神社に着くと、充と稲穂は紗栄たちを拝殿に残し、穂積《ほづみ》に事情を説明して、三人で幣殿《へいでん》に入っていった。

琥珀は神社に着くなり気を失ってしまい、目を覚まさない。となりに横たわる琥珀の手を、紗栄は祈るような気持ちで握った。

どんな憎まれ口でも構わないから、声が聞きたい。このまま琥珀が、二度と目を覚まさなかったらどうしよう。

込み上げてくる焦燥感《しょうそうかん》に、息が苦しくなる。

「もう入っていい」

ようやく允が出てくると、両側から紗栄と一緒に肩を担《かつ》ぐようにして、琥珀を運んだ。幣殿に入った紗栄を、ソノエは美しい笑《え》みで迎えてくれる。

「あら。また来てくれたのね、紗栄」

「ソノエさま、お願いします！　琥珀を助けてください……！」

懇願《こんがん》する紗栄に、ソノエは音もなく歩み寄る。

「……無茶をしたのね。以前分けてあげたばかりなのに、もうこんなに弱って」

床に下ろすよう指示されて、琥珀を仰向けに寝かせる。ソノエは琥珀のそばに膝をついて座った。

琥珀の頬にかかっていた髪を払い、おもむろに顔を寄せると、唇を合わせる。突然のことに、紗栄は驚いて目を見開いた。

今までこんなに間近で人が――正確にはどちらも人ではないのだが――キスをしているところなんて、見たことがなかった。

「これくらいで、いいかしらね？」

やがて顔を上げたソノエが、振り返って紗栄を見る。とっさに言葉が出てこず、黙っていると、ソノエは柳眉《りゅうび》をひそめて紗栄の頰に触れた。

「どうしたの？　泣かないで、紗栄」

ソノエの白く細い指が、紗栄の目尻をぬぐう。湿った指先の感触に、初めて自分が泣いていたのだと気づいた。

「す、すみませ……なんでだろ……」

あわてて目をこするが、涙は堰《せき》を切ったようにあふれて止まらない。

「すみません……」

「謝らないで、紗栄」

うつむいた紗栄の顔を、ソノエの手がふわりと包む。

「かわいい子。琥珀が過保護になるのもわかるわね」

「――おい、なにをしてる」

ふいに横から腕が伸びて、紗栄に触れていたソノエの手がはがされた。見ると、起き上がった琥珀が、不機嫌そうにソノエをにらんでいる。

「こ、琥珀！　目が覚めて……！」

驚いて声を上げるが、琥珀はちらりとも紗栄を見ない。

「人が気を失ってる隙に手を出すな」

「残念、もう起きてしまいましたか」

ソノエはくすりと笑うと、紗栄に視線を戻した。

「今のは霊力を分けてあげただけなので、あなたが気にするようなことはなにもありませんよ」

「え……え？」

神様も霊力をあげるために、キスするのか。――だとしたら、もしかして、以前二人がキスしていたと思ったあれも、霊力をあげていただけなのだろうか。

「……こいつの霊力か」

舌打ちして、琥珀が腕で唇をぬぐう。紗栄は「失礼だよ」と琥珀をたしなめた。

「というか、こんなきれいな人にキスされて、なにが不満なんだか……」

つぶやくと、琥珀は思いきり顔をしかめた。

「おまえ、なにか勘違いしてないか」

「勘違い？」

「こいつは男だ」

「………今、なんて？」

聞き間違いだろうか。信じがたい言葉が聞こえたような……。

「ソノエは男だ」

紗栄はぽかんと口を開けたまま、固まった。それからゆっくり、ソノエを見上げる。

「あまり、性というものを意識はしておりませんが……」

ソノエは軽く首をかしげて、ほほえんだ。

「え、えええええ⁉」

思わず叫ぶと、琥珀がうるさそうに耳を塞《ふさ》ぐ。しかし、気にしている余裕はない。

「そんな、だって、こんなきれいで……」

「ふふ、紗栄。そんなに目を見開いては、目の玉がこぼれ落ちてしまいますよ」

うろたえる紗栄に、ソノエは笑いながら手を伸ばす。その手を琥珀が、ぴしゃりと叩《たた》いた。

「だから、触るな。……もう帰るぞ」

言って、琥珀は立ち上がろうとする。しかし、突然胸を押さえて床に手をついた。

「大丈夫⁉」

「無茶はやめなさい。霊力は分けてあげましたが、あなたの呪《のろ》いが消えたわけではないのですよ」

　ソノエの言葉に、心臓が嫌な音を立てた。

「呪い……？」

「──おまえ！」

　弾《はじ》かれたように、琥珀が顔を上げる。その勢いのまま、ソノエの胸倉《むなぐら》を掴もうとして、軽くかわされた。

「今まで黙っていたのは、私の厚意です。怒るのは筋違いですよ」

「ちょ、ちょっと待ってください！　呪いってなんですか？」

　一体いつ、だれが、どんな目的でかけたものなのだろう。

　もしかして、琥珀の調子がずっと悪かったのは、その呪いのせいだったのか。

「私に聞かなくとも、あなたは知っているはずですよ」

　まっすぐに紗栄の目を見て、ソノエが答える。

　──知っている？　そんなわけはない。琥珀が呪いにかけられたのに、忘れてしまうなんて、そんなひどいことできるはずがない。

「私は、なにも……」

否定しようとする声が震える。気づけば全身が、小刻みに震えていた。

「……落ち着け」

ふと、膝に置いていた手に琥珀の手が重なる。

「大丈夫だ。おまえはなにも知らない。……だから、落ち着け」

ささやくように言って、震えを止めるように、強く手を握られる。

「呪いなんて、言葉がおおげさなだけで、たいしたものじゃないんだ。放っておけば治る」

――嘘だ。琥珀の体調は日ごとに悪くなっているようだった。この先、よくなるなんて思えない。

琥珀にちゃんと、呪いについて聞かないと。知るのが怖いなんて、言っている場合じゃない。

頭ではわかっているのに、言葉が出てこない。こんな薄情な自分なのに、琥珀が優しくて、胸が苦しくなる。

「ごめん」

耐え切れず、紗栄は幣殿を飛び出した。拝殿の階段を下りて、一番下の段差にうずくまるようにして座る。

必死で震えを抑えようと、腕に爪を立てた。もう、怖いから嫌だなんて、言っていられない。今決断しないと、きっと後悔する。

目を閉じて、きつく唇を噛んだ。そこへ、背後から足音が聞こえてくる。

振り返った先にいたのは、稲穂だった。

「あ……ごめんね、急に飛び出して」

謝ると、稲穂は黙ったまま近づいてくる。階段を下りて、少し離れたところで足を止めた。

「あの……私、ヒサギさまを見つけたの」

「――え？」

予想もしていなかった言葉に、紗栄は目を見開いた。

「見つけたって、どこで？　浮橋山？」

立ち上がって尋ねると、稲穂は小さく首を横に振った。

「ヒサギさまは、自分からいなくなったんじゃなかったの。……隠されてたの」

「隠された……？　だれに？」

稲穂はためらうように、視線をさまよわせる。しかし、意を決したように顔を上げると、紗栄を見て言った。

「ヒサギさまを隠したのは、琥珀。ヒサギさまは、あの狐の中にいる」

「……まさか。だって、どうしてそんなことする必要が」

ヒサギの代わりに、ずっと神社を守っていたのは琥珀だと聞いている。そんな琥珀がわざわざヒサギを隠す必要など、どこにもないはずだ。

困惑する紗栄に、稲穂は気まずそうにしながらも、答える。

「琥珀は、呪いに侵されているんでしょう？　だとしたら、自分の体を維持するために、ヒサギさまを飲んだのかもしれない」

琥珀が呪いから身を守るために、自分の中にヒサギを隠した。紗栄たちがヒサギ捜しをするのを嫌がっていたのも、それだと筋が通る。

――もしかして、今まで自分を守ってくれていたのも、ただ霊力のためだけだったのだろうか。

「あ……」

ふいに、なにかに気づいた様子で稲穂が振り返った。視線を向けると、拝殿に琥珀が立っている。

いつからいたのだろう。話を聞かれてしまっただろうか。

紗栄は思わず後ずさった。琥珀はつかのま紗栄を見つめて、視線をそらす。その表情は、ひどく傷ついたものに見えた。

「こは……っ」

反射的に、近づこうとする。しかし次の瞬間、琥珀は狐に姿を変えて拝殿を飛び降りた。

「琥珀！　待って！」

叫んでも、琥珀は立ち止まることなく走っていく。追いかけて神社を出たが、外は暗闇が広がっているばかりで、琥珀の姿はどこにもなかった。

四章　約束をしよう

急いで幣殿《へいでん》に戻ると、紗栄《さえ》は稲穂《いなほ》に言われたことと、それを琥珀《こはく》に聞かれてしまったことを鐵《くろがね》たちに話した。

「琥珀さまが……いや、でも」

鐵は混乱したように、視線をさまよわせる。紗栄は鐵の手を摑んで、自分の方を向かせた。

「鐵、お願い。私が記憶をなくす前の琥珀の話、聞かせて」

過去の自分を知るのは、まだ怖《こわ》い。けれど、今はそれ以上に、琥珀と二度と会えなくなってしまうのが怖かった。

――ずっと助けてくれていたのに。妖《あやかし》からだけでなく、寒いとき羽織《はお》りを肩にかけてくれたり、両親を追いかけるのに背中に乗せてくれたり、わかりにくいけれど、琥珀は優しくしてくれていた。それなのに、一瞬でも疑って、傷つけてしまった。

　あんなに具合が悪いのにいなくなってしまって、二度と帰ってこなかったらと思うと、不安でたまらない。

「お願い……」

　すがりつくようにして頼むと、鐵は静かにうなずいた。

「ですが、それなら私がお話しするより、紗栄さまの記憶と霊力の封印《ふういん》を解いた方がよろしいかと」

「封印……？」

「紗栄さまは事故で記憶をなくされたのではなく、とある事情で、ヒサギさまによって記憶と霊力を封印されていたのです。……今まで黙っていて、申し訳ありませんでした」

　まさか、自分の記憶が意図的に消されていたなんて。

「その事情は、記憶を取り戻したらわかるの？」

「はい。ですが、記憶のなかにはおそらく、紗栄さまが傷つくようなものもあり……」

　なにか思い出すように、苦しそうに鐵が話す。その言葉に、紗栄はうなずいた。

「……うん。それでも私、昔の記憶を全部取り戻したい」

以前は、過去の自分と今の自分を、別物のように思ったりもしていた。けれど、今は同じだと思っている。

過去の記憶は、封印されて思い出せなくなっていただけで、自分のなかにたしかに存在していた。それは、思い出せない量が多いだけで、ふつうの人となんら変わりない。

思い出せないからといって、過去が消えてなくなるわけではない。過去の自分の延長線上に自分がいて、この二つは決して切り離せないものなのだ。

過去に悲しいことや苦しいことがあって、それを忘れてしまったとしても、起きたこと自体がなくなるわけではない。

それなら、自分はすべて受け入れて、前へ進みたいと思う。

「でしたら、私が封印を解いてあげましょう」

黙って話を聞いていたソノエが、ほほえんで紗栄に近づく。

「封印したのがヒサギなら、このなかで解くことができるのは私だけでしょう?」

「……お手間をかけて申し訳ありませんが、よろしくお願いいたします」

鐵が深々と頭を下げる。ソノエは優しく笑って、紗栄に座るよう言った。

「さあ、この鏡を見て」

どこからともなく鏡を取り出して、ソノエが紗栄の前に置く。言われたとおり、目の前の古びた丸い鏡を見つめると、ソノエは紗栄の額《ひたい》に触れて、なにかをつぶやいた。

その言葉の意味を考える前に、頭がぐらりと揺れる。鏡面が歪《ゆが》み、唐突に眠気に襲われた。

遠くなる意識のなか、紗栄は降りしきる雨の音を聞いた。

◇

浮橋山《うきはしやま》に入った琥珀は、桜の木の根元に腰を下ろした。六月に入ったとはいえ、日の暮れた山中はぐっと気温が下がる。

冷えた指先を握りしめ、琥珀は胸元を押さえた。繰り返す呼吸は荒い。呪《のろ》いのせいで、いくら息を吸っても呼吸が楽にならなかった。

騙《だま》し騙しやってきたが、もう限界なのだろう。

頭上を見上げると、数えきれないほどの星が見える。それを眺めながら、琥珀の心は穏やかだった。

最後に自分を見た紗栄の目は疑いの混じったものだったが、むしろそれでよかったのだと思う。……真実を知られるくらいなら、疑われる方がよっぽどいい。

目をつぶると、幼いころの記憶がよみがえる。

彼女は、自分にとって光そのものだった。今も、昔も……この命が潰《つい》えたあとも、きっと永遠《えいえん》に。


琥珀が生まれたのは、高天原《たかまがはら》の神が暮らす宮殿の一つ、清楼宮《せいろうきゅう》だった。清楼宮は他の宮殿とはかなり離れた場所にあり、そこで暮らすカザミという女神《めがみ》は、外界からの侵入者を阻《はば》む番人を任されていた。

カザミは自分の手下として、何匹も天狐《てんこ》を生み出しており、琥珀もそのなかの一匹だった。しかし、琥珀は他の天狐と違い、全身が茶色の毛で覆《おお》われている。天狐は金色の狐と決まっていたため、異端《いたん》として、琥珀は清楼宮の奥部屋に隔離《かくり》されることになった。

カザミは琥珀を傷つけたりはしなかったが、決して奥部屋から出そうとしなかった。

「おまえは異端で、穢《けが》らわしいモノだから、決して他の者の視界に入ってはならないよ」

それが、カザミの口癖だった。

他の天狐に虐《いじ》められる、ひょっとすると殺されてしまうかもしれない。琥珀が外へ出たいと言うたびに、そう脅《おど》して部屋から出さなかった。

毎日、部屋にたった一つだけある小さな窓の前に座り、他の天狐を眺めているだけの生活は、琥珀にとって死んでいるも同然だった。

死んでも構わないから、一度でいい。外へ出てみたい。

いつしか、そう思うようになり、琥珀は外へ出るための方法を考え始めた。そうして、たどりついた答えが、『中《なか》つ国へ行く』ということだった。

茶色の天狐は他にいないから、高天原にいてはすぐに捕まってしまうだろう。しかし、中つ国ならばその心配もない。

高天原から中つ国に行くには、門を開けなければならないが、それは簡単なことだった。

天狐の最大の役目は、中つ国や黄泉《よみ》の国からの侵入者を排除すること。場合によっては高天原の外まで追尾することもあり、天狐は門を開く力を持って生まれていた。

高天原の外へ出ると、体が穢れてしまうと言われているため、だれも行こうとしないだけで、中つ国へ行くことはたやすいことだったのだ。

カザミは十日に一度程度しか、琥珀の部屋に来ない。最後に来たのは一昨日の晩。――行くなら、今だ。

琥珀はついと人差し指で宙をさし、小さな鳥居《とりい》を描いた。鳥居は白い光となって浮かび上がり、まばゆい光が部屋を包んだ。

光の消えた部屋には、真っ赤な鳥居が大きな口を開けてそびえ立っている。鳥居を見つめたまま、琥珀は冷や汗が背中を伝うのを感じた。

中つ国がどんな場所なのか、琥珀はあまり知らない。ただ、ひどく穢れた地だと教えられていた。高天原の者が、自ら中つ国へ行った話などは、聞いたこともない。

しかし、それでも琥珀は足を踏み出した。

どんな場所でもいい。外の世界を知りたい。その思いに突き動かされるように、鳥居をくぐり、奥へ進んでいく。真っ暗な闇の中を歩いていると、やがて目の前に橋が現れた。高鳴る鼓動を抑えて、橋を歩いていく。

すると、遠く先に淡い光が見えてきた。

思わず、駆け出す。前のめりになって、今にも転びそうになりながら走り、やがてわずらわしくなって狐の姿に変わった。

ここならば、だれも見ていない。この毛の色を嘲《あざけ》る者などいないのだ。

狐の姿のまま、光の中に勢いよく飛びこむ。次の瞬間、体に感じたのは冷たい水の感触だった。

これは、川だろうか。

高天原で読んだ本や見た絵の中に、似たようなものがあった。子狐の姿で、ようやく腹まで浸《つ》かるような浅い川だったが、琥珀は初めて目にした川に興奮した。

きらきらと太陽の光に反射して、水面《みなも》が輝く。透き通った水の中には、おいしそうな小魚が気持ち良さそうに泳いでいる。琥珀は夢中で魚を捕まえ、川の外へ出た。

桃色の小さな花をたくさんつけた、美しい木の下で、ふるりと体を震わせて水を飛ばす。そして、魚を一息に飲みこんだ。

獲れたての魚は、驚くほどおいしかった。

あたたかな日差しは濡れた体をあたため、気持ちのいい眠りに誘う。琥珀は木の下にうずくまり、目をつぶった。

「待ってー！　鐵！」

ふいにだれかを呼ぶ、はしゃいだ明るい声が聞こえた。反射的に体を起こし、身構える。

声のした方へ顔を向けると、対岸の茂みから、狛犬《こまいぬ》と少女が飛び出してきた。狛犬は、中つ国のものと格は違えど、高天原にもいて、琥珀も一度だけ窓から姿を見たことがあった。

したがって、琥珀の興味をひいたのは、少女の方だった。神と同じ姿をした『人間』という生き物が、中つ国を支配しているのだと、以前本で読んだことがあった。

それが今、目の前にいる。

すそがひらひらと広がった、変わった着物を着た少女は、狛犬と楽しそうにじゃれあい、川に入っていく。弾《はじ》けんばかりの笑顔で狛犬に水を掛ける少女を、琥珀はじっと見つめていた。

すると、しばらくして、少女がこちらを向く。

「あ、狐だ！」

まっすぐ自分を指さした少女に、あわてて木の裏へ身を隠す。早鐘を打つ胸を押さえ、そっと川にいる少女たちをうかがった。

「狐？　どこですか、紗栄さま」

「あっちにいたの。子狐。でも、もうどっか行っちゃったみたい」

残念そうに言い、紗栄と呼ばれた少女はため息をついた。

「紗栄ー！　ご飯できたわよ！」

「あ、お母さん！」

紗栄たちの来た方から、もう一人、人間が現れる。紗栄はとたんに笑顔になり、母親らしき女に駆けよった。

「川に入ったの？　また転ばないように、気をつけなさいよ」

「うん！　あのね、お母さん、さっき子狐見たの！」

勢いよく母親に抱きつき、紗栄は無邪気に笑う。その光景を、琥珀はぼうっと眺めた。

あたたかで、優しくて、なぜか胸が締めつけられる思いがした。


それから、琥珀はたびたび中つ国を訪れるようになった。向かう先はいつも同じ、紗栄という名の少女がいる場所だった。紗栄がいないときは、他の場所に行ってみたりもしたが、物足りなくて、いつもすぐに高天原へ帰った。

紗栄がいても、琥珀は声をかけず、ただ離れた場所から見ているだけだったが、それだけでよかった。それだけで、満たされていた。

明るく笑う彼女と、彼女を取り囲む美しい景色、あたたかな人々。いつもすべてが、初めて見た川の水面のように、きらきらと輝いて見えた。

しかし、そんな生活を続けて半年がたったある日、琥珀は紗栄と直接関わることになってしまった。

狛犬と森の中で追い駆けっこをしている最中、紗栄は急な斜面から足を滑《すべ》らせて落ちてしまったのだ。

「紗栄！」

琥珀はとっさに人の姿に変わって、紗栄を受け止めた。紗栄はきょとんとしていたが、突然、なにかに気づいた様子で琥珀を見ると、勢いよく肩を掴んだ。

「あなた、狐さんね！」

「は……？」

「たまに、草むらからこっちを見てたでしょ？　声をかけたら逃げちゃうと思って黙ってたけど、やっと出てきてくれたんだ！」

紗栄は自分が大怪我《けが》をしかけたことなど、すっかり忘れたようにはしゃいでいる。

「ねえ、名前はなんていうの？」

「名前なんてない」

天狐など掃《は》いて捨てるほどいるのだ。いちいち名前なんてつけられるわけがない。

しかも、自分は異端だ。もしも他の天狐に名前が与えられることがあったとしても、自分に与えられることは決してないだろう。

地面に下ろしてやると、紗栄は首をかしげて琥珀を見た。

「それなら、私がつけてもいい？」

「おまえが？」

面食らっていると、紗栄は顔を輝かせて大きくうなずいた。

「あなたの名前は『琥珀』ね」

「こはく……？」

「そう。いい名前でしょ？」

紗栄は得意げに胸を張る。

「あなたの毛の色、とってもきれいだったから、調べたの。茶色じゃないよねーって。そしたら琥珀っていう色が、あなたの毛の色と一緒だったの！」

「……俺の毛の色が、きれい？」

とまどっていると、紗栄はくしゃりと笑ってうなずいた。

「うん。お日様の光に当たると、透き通ってきらきらして、すっごくきれい」

紗栄の笑顔を見つめながら、琥珀はふいに涙が出そうになった。あわててうつむくと、心配そうに顔をのぞきこまれる。

「どうしたの？　もしかして、名前、気に入らなかった？」

「……違う」

不安げな声に、一つ深呼吸をして答えた。顔を上げると、ぎこちないながらも笑《え》みを浮かべる。

「俺の名前は、今日から琥珀だ」

「――うん！」

いつもまぶしく思っていた笑顔。近づくことさえ許されないと思っていた。

それが今、自分に向けられている。

……知らなかった。たったそれだけのことで、こんなにも幸せな気持ちになれるなんて。

ゆっくり目を開けると、空には変わらず満天の星空が広がっている。琥珀は髪の毛の先をつまんで、星の光に透かしてみた。

たとえ彼女と二度と会えなくなってしまっても、この思い出があれば、自分は幸せだ。

再び目を閉じると、琥珀は深く息をついて、冷たい地面に横たわった。

◇

十一歳の夏休み、紗栄は祖父の住んでいる草津《くさつ》神社へ一人で遊びにきていた。川原に座って川の水に足をつけた紗栄は、暗くなり始めた空を見上げて、小さくため息をつく。

今日も琥珀は来なかった。春休み、最後に会ったときに、四か月後また会おうと約束したのに。

夏特有の、じっとりと湿った風が吹く。かすかに雨の匂いを感じた。

「紗栄さまー！　休んでないで、こっちにきて！」

腰まで川につかった鐵が、弾けるような笑顔で手を振る。今は遊ぶ気分ではなく、どうしようか悩んでいると、後ろから「無理を言ってはだめだよ、鐵」と声がかかる。

振り返った先には、鐵とそっくりな見た目の少年が立っていた。狛犬の銀《しろがね》だ。

「申し訳ありません、紗栄さま」

目が合うと、少し困った顔でほほえむ。見た目はそっくりだが、銀は落ち着きがあるぶん、鐵より大人《おとな》びた感じがする。

銀は紗栄のそばへ歩いてくると、となりにしゃがみこんだ。

「なにかあったのですか？　こちらに来てから、あまり元気がないようですが」

「そ、そうかな？　べつにそんなことないけど……」

「琥珀さまのことですか？」

言い当てられて、つい黙ってしまう。銀はくすりと笑った。

「心配されなくても、もうじき会いにこられますよ。十日前にもいらしてました」

「そうなの？」

「はい。紗栄さまがまだ来ていないと聞いて、すぐにどこかへ行ってしまわれましたが」

ということは、忘れられたわけではないのか。思わず、ほっと安堵《あんど》の息をつく。

連絡手段がないし、長期休暇で草津村に来ているときにしか会えないから、毎回会えるかどうか不安なのだ。

「それにしても、琥珀さまは毎度どこからいらしてるんでしょうね？　この辺りに住んではおられないようですが……」

銀が不思議そうにつぶやく。そこへ、鐵が濡れた袴《はかま》を絞りながら近づいてきた。

「二人でなにを話してるの？」

「琥珀さまのことを少しね。それより、もうすぐ夕飯の支度《したく》をしないといけないのに、そんなに濡れてどうするんだ？　早く着替えてこないと」

あきれたように言って、銀が立ち上がる。紗栄は座ったまま二人を見上げた。

「私はもうちょっとここにいるから、先に帰ってていいよ」

「ですが、紗栄さまをお一人には……」

「大丈夫だよ。日が暮れる前には帰るから」

約束して、二人を見送る。一人になった紗栄は、濡れていた足を乾かしてから、靴下とスニーカーを履いた。

社務所《しゃむしょ》へ帰ろうと立ち上がって、ふと、離れた場所に小さなたぬきたちがいるのに気づく。たしか去年の夏に、一緒に遊んだ妖だ。

「紗栄、ひさしぶり」

手を振ると、子だぬきたちが駆けよってくる。

「ひさしぶりだね。元気にしてた？」

しゃがんで頭をなでてやる。子だぬきは気持ちよさそうに目を細めて、紗栄の手のひらに頭を擦《す》りつけた。

「紗栄、あそぼう」

「いっしょにあそぼう」

「ごめんね、今日はもう帰らないといけないんだ」

太陽はもう半分近く、山の向こうに隠れてしまっている。立ち上がると、子だぬきたちが紗栄の周りを取り囲んだ。

さびしそうに、紗栄を見上げる。

「いっちゃうの？」

「おいていっちゃうの……？」

吸いこまれそうな金色の瞳が、じっと見つめてくる。

――いい子で待っていてね。

ふと、頭のなかで声が聞こえた。これは……子だぬきたちの、母親の声だ。彼らが妖になる前の記憶が、ゆっくりと、流れこんでくる。

子だぬきたちの母親は、ある朝、巣を出てから帰ってこなかった。子だぬきたちはずっと、ずっと待っていたけれど、二度と帰ってこなかった。だから、彼らはみんなで約束をした。

――ぼくらは、ずっといっしょにいよう。

いつも、どんなときでも、離れないでそばにいる。朝も昼も晩も、一緒にいて、みんなで楽しく暮らそう。

とても明るい満月の晩、夜が明けたと勘違いした蝶が一匹、飛んでいた。子だぬきたちはそれを追いかけて、山へ入った。ぽっかり、大きな口を開けた化け物の待つ山へ。化け物は、子だぬきたちを一匹残らず咬み殺した。

ひらひら蝶が飛んで、冷たく、動かなくなった体にとまる。

──ああ、もっとたくさん、みんなであそびたかったなあ。

「行ってはいけません！　紗栄さま！」

鋭い声が耳を打ち、はっと我に返る。紗栄は知らない間に山の中にいた。まだ日は沈んでいないようだが、辺りはかなり暗い。

「お怪我はありませんか？」

獣姿の銀が駆けよってきて、尋ねる。自分の腕を見ると、木の枝で引っかいたのか、いくつも傷ができていたが、大きな怪我はない。

「大丈夫。でも私、どうしてこんなところに……」

「妖《あやつ》に操られたのでしょう。とにかく、ご無事でよかった」

ほっとしたように言って、銀は地面にふせた。

「乗ってください。早く社《やしろ》へ帰りましょう」

「うん。ありがとう、銀」

背中に乗ると、銀はゆっくり速度を上げて、走りだした。

「銀に乗せてもらうの、ひさしぶりだね」

「そうですね。すっかり大きくなられて」

「……それって重くなったってこと？」

口をとがらせた紗栄に、銀が「違いますよ」と笑う。しかし、その笑い声が急に止まった。どうしたのか尋ねようとして、やめる。

妖の気配だ。しかも、かなり強い霊力の。

妖はまっすぐ、紗栄たちの方へ向かってきている。

「銀……」

「揺れると思うので、もっとしっかり摑まってください」

銀に言われて、首にしっかり腕を回す。銀はぐっと身を屈《かが》めて、バネのように跳躍《ちょうやく》した。

急な斜面をほとんど真っ逆さまに下っていく。紗栄は恐怖のあまり、固く目を閉じた。

耳の中で、風がうなりをあげている。銀にしがみついた腕が、冷や汗で滑ってしまいそうだ。必死で耐えていると、突然強い衝撃が全身に走り、風がやんだ。

銀が地面に着地したのだ。ほっとしたとたん、体から力が抜けて、銀の背中から落ちてしまう。

「大丈夫ですか、紗栄さま」

「う、うん……」

銀の背に戻ろうと、上体を起こす。けれど手足が震えて、うまく立ち上がれない。

近くの枝を支えにしようと、腕を伸ばした、そのとき。背筋にぞくりと悪寒《おかん》が走った。

さっきの妖だ。もう追いつかれて――。

「危ない！」

振り返るより早く、銀に体当たりされる。紗栄はそのまま、斜面を転がり落ちていった。


「う……」

目を開けると、紗栄は白い霧の中にいた。どうやら気を失っていたらしい。

「銀……いないの？」

呼びかけるが、返事はない。立ち上がると、紗栄は銀を捜して走りだした。

「銀ーっ！　いたら返事してー！」

霊力をたどれないかと神経を研《と》ぎすましてみても、なぜかなにも感じ取れない。

おかしい。山の中にいて、なんの霊力も感じないなんて。

それどころか、どれだけ走っても草木一つ見当たらない。――ここは一体、どこなんだ。

足を止めそうになったところで、前方になにかが見えてきた。

「鳥居……？」

ゆっくりと近づいて、見上げる。紗栄の背丈の五倍はありそうなほど大きい。その赤い鳥居の奥は、なぜか真っ暗でなにも見えなくなっていた。気になって反対側へ回ってみたが、同じように暗い。

この鳥居をくぐったら、元の山の中へ戻れるのではないだろうか……。

おそるおそる、鳥居の向こうへ足を踏みだす。とたんに視界が真っ黒に染められた。すぐに戻りたくなったが、もう少し進んでみようと自分を鼓舞《こぶ》し、歩きだす。

しばらくすると潮の香りがして、目の前に突然、赤い欄干《らんかん》の大きな橋が現れた。

眼下に見えるのは、海だろうか。透き通ったきれいな色をしているが、魚一匹泳いでいない。不思議に思いながらも、紗栄は橋を渡り始めた。

橋は果てがないのかと思うほど長く、景色もまったく変わらない。だんだんと不安になるが、今さら戻る気にもなれず歩き続けた。

どれくらい歩いたころか。遠く先に巨大な建物が見えてきた。あそこへ行けば、だれかに会えるだろうか。

「紗栄！」

走りだそうとしたところで、背後から声がかかった。振り返ると、息を切らせた琥珀がいる。

「よかった、琥珀……」

「どうしてこんなところにいるんだ！　早く戻れ！」

急に怒鳴られて、思わず面食らう。なにをそんなに怒っているのだろう。

「そもそもここってどこなの？　琥珀こそ、なんでここにいるの？」

「……ここは、高天原だ」

苦々《にがにが》しい顔で、琥珀が視線をそらす。

「ヒサギにしか言ってなかったが、俺は、本当は妖ではなく、高天原の天狐なんだ」

「天狐……？」

今まで琥珀はずっと、自分のことを狐の妖なのだと言っていて、紗栄もその言葉を信じていた。

「高天原では、ずっとせまい部屋に閉じこめられていて、なにもできなかった。だから、隙を見ては中つ国に渡って、おまえに会っていたんだ」

「ええっ！　そんなにひどいところなら、高天原になんて帰らないで、ずっと中つ国にいたらよかったのに」

「そうだな……。そうできたら、いいのにな」

琥珀は目をふせて、少しさびしそうに笑った。けれど、すぐに真面目《まじめ》な顔に戻って、紗栄を見る。

「この橋をまっすぐ戻れば、中つ国へ帰れる。振り返らずに、走れ。こうしている間にも、他の天狐がおまえの気配に気づいてしまうかもしれない」

「琥珀は一緒に来ないの？」

「俺はここで、高天原からの追っ手が来ないか、見張っている」

不安そうに顔をくもらせた紗栄に、琥珀がほほえむ。

「大丈夫だ。なにかあれば、すぐに助けに行ってやる」

腰を屈めて目線を合わせると、くしゃりと紗栄の頭をなでた。紗栄はうつむいて、首を横に振る。

「違うよ。私は、琥珀が心配なの。……見つかったら私を逃がしたこと、仲間の狐に怒られちゃうんじゃないの？」

顔を上げて、琥珀の着物の袖を握りしめる。琥珀は一瞬目を丸くして、それから小さく笑った。

「大丈夫だ。おまえが心配するようなことはなにもない」

「本当に？」

「ああ。……だから、もう行け」

目を細めて、琥珀が紗栄の背中を優しく押す。紗栄は迷うように一度後ろを振り返ったが、琥珀がうなずくと、唇を嚙んで前へ向き直った。

覚悟を決めると、不安を振り切るように走りだす。何度も立ち止まって、呼吸を整えながら進んでいると、やがて橋の先に鳥居が現れた。

ここへ来るとき、くぐった鳥居だ。これで、元の世界へ戻れる。

ほっと息をついた――そのとき。なにかが爆発したような轟音《ごうおん》が響き、歩いていた橋が大きく揺れた。

「痛……」

体勢を崩して転んだ紗栄は、顔をしかめて体を起こした。立ち上がると、どこからか草笛のような音《ね》が聞こえてくる。だんだんと近づいてくるその音は、ふつうの草笛とは違い、背筋を凍《こお》らせるような嫌な響きを持っていた。

琥珀のいる方から聞こえる音に、紗栄は戻るか、そのまま進むか迷った。少し先には、鳥居がある。あそこまで行けば、元の世界へ帰れるのだ。

帰りたい。だけど……。

最後に見た、琥珀の表情が脳裏に浮かぶ。紗栄は唇を引き結ぶと、踵《きびす》を返して走り出した。

言いようのない不安が胸を押し潰す。どれだけ息が苦しくなっても、必死で走り続けた。

しばらくすると、前方にまばゆい光が見えてくる。足を止めることなく駆けていくと、光に包まれた何匹もの金色の狐と、対峙《たいじ》するように立つ、獣姿の琥珀が見えた。

日の光に当たるたびに艶《つや》やかに輝いていた、美しい琥珀色の毛並み。それが今は、ところどころ焼け焦げ、赤黒い血の色に染まっている。

状況が理解できず、混乱と恐怖で足がすくんだまま動かない。体が小刻みに震える。

そのとき、琥珀の前に立つ金色の狐のうちの一匹が、ふっと上半身を屈めた。その前足が、音を立てて橋板を踏みしめる。今にも琥珀に向かって飛び出しそうなその体勢に、全身が総毛立《そうけだ》つような感覚に襲われた。

「琥珀……！」

恐怖などまるでどこかに吹き飛んだかのように、紗栄は声を上げて琥珀に駆け寄った。琥珀に狙いを定めていた狐の目が、紗栄に移される。

狐はきらりと目を光らせると、紗栄に体を向けて橋板を蹴った。

紗栄は思わず息をのんで固く目をつぶった。しかし、どれだけたっても体には何の衝撃も感じない。

そろそろと、閉じていた目を開ける。

目の前には血まみれで紗栄に背を向けた琥珀の姿があった。人の姿に戻った琥珀は、右手を緩《ゆる》く前に突き出したまま、肩で息をしていた。その先では、先程の金色の狐が震えながら地面に横たわっている。

琥珀は暫《しばら》く狐を見つめたまま、荒い息を繰り返していたが、やがてがくりと膝を折った。

「琥珀……っ！」

紗栄は琥珀に駆け寄り膝をつくと、助け起こすようにその体に腕を回した。しかし、手の平に感じたぬるりとした感触に動きを止める。

ゆっくりと腕を離すと、紗栄の着ていたシャツには、べっとりと血が付着していた。

「やだ、何で……っ！」

紗栄は琥珀の体をかき抱いて叫んだ。瞳からボロボロと涙がこぼれ落ちる。

青い顔をした琥珀が、力を振り絞るようにして紗栄の顔を見上げた。

「逃げろ。俺はここでこいつらを引き留める。だから、おまえは先に――」

「嫌！」

紗栄は琥珀の言葉をさえぎって首を振った。

「絶対に嫌！　琥珀も一緒じゃないと、私帰らない！」

「紗栄……」

ぎゅっとしがみつくと、顔も体も琥珀の血で赤く濡れたが、紗栄は怯《ひる》むことなく琥珀を抱きしめた。

琥珀の体からは、錆《さ》びた鉄のような血の臭いがした。

「……だめだ」

弱々しい力で紗栄の体を押しながら、しかし、強い口調で琥珀が言う。

「行け。早く行かないと、あいつが来てしまう……」

「あいつ……？」

つぶやくように言った琥珀の言葉に、紗栄は琥珀の顔をのぞきこむ。次の瞬間、辺りが急に薄暗くなり、ひやりとした冷気に包まれた。

「ときおり、部屋を抜け出してどこかへ消えていたことは知っていたけれど、まさか中つ国へ行っていたとはね」

怒りを押し殺したような、抑揚《よくよう》のない声。

弾かれたように顔を上げると、そこには、美しいがどこか冷たい印象の若い女が立っていた。

女は艶《つや》やかな長い黒髪を腰まで垂らし、神話や昔話に出てくる天女《てんにょ》のような衣《ころも》を纏《まと》っている。

「宮殿内をうろついているだけだろうと、見て見ぬふりをしてやっていたというのに、中つ国へ行って、あまつさえ高天原に踏み入った人間を逃がそうとするとは……。おまえ、自分が何をしでかしたのか、わかっているのか」

「カザミ……」

琥珀は紗栄を背中に庇《かば》い、にらむように女を見上げた。

カザミと呼ばれた女は、琥珀の目の前まで歩いてくると冷ややかな目で紗栄を見下ろした。

「穢らわしい、中つ国の小娘《こむすめ》め……おまえが、私の狐を誑《たぶら》かしたのか」

「あ……」

カザミの目を見た瞬間、紗栄の体は勝手にガタガタと震えだした。空気が震えるほどの怒気に、冷や汗が噴き出す。

「こいつは関係ない！　殺《や》るなら俺を」

「黙れ！」

庇うように立ち上がった琥珀を、カザミは右手を払う仕草《しぐさ》をしただけで、いとも簡単に吹っ飛ばした。琥珀は全身を強く打ちつけられ、苦しそうに顔を歪める。

「中つ国の者を庇って死にたいなど、愚かな狐だ」

カザミは吐き捨てるように言うと、紗栄の方に向き直った。

「どうやらおまえを殺さねば、あやつの目は覚めぬようだ」

「殺……す……？」

恐怖で腰が立たず、尻もちをついたまま後《あと》ずさる。カザミは紗栄の手を踏みつけ、顎《あご》をすくった。

長い睫《まつ》毛《げ》に縁取られた黒い瞳が紗栄をとらえる。

「そうだ。……だが、楽に死ねると思うなよ」

ささやく声が耳元で聞こえた。その意味を頭が理解する前に、心臓を無数の針で貫かれたかのような激痛が襲った。

叫び声を上げて身をよじろうとするが、カザミの手が強く肩を摑んでおり身動きが取れない。紗栄の肩を押さえたカザミの手からは黒い靄《もや》のようなものが立ちこめ、痛みはそこから流れこんでいるようだった。

何度も気を失いかけ、その度に新たな痛みで強制的に目覚めさせられる。いっそ死んだ方がましだ、と考えかけたそのとき、不意に激しい痛みがやんだ。

ぐらりと倒れかけた体を、だれかの腕が受け止める。涙でぼやけた視界に、琥珀色の髪の毛が映った。

「こ……はく」

弱々しく名前を呼ぶと、琥珀は紗栄の体を抱き上げて駆けだした。

「天狐風情《ふぜい》が、私に手をあげるとは……！」

背後でカザミの咆《ほ》える声が聞こえる。

「その小娘はもう手遅れだ！　数日ともたぬ！　それでもおまえは行くというのか！」

「……こは……」

「喋《しゃべ》るな！」

開いた紗栄の口を押さえて、琥珀は走り続けた。

「大丈夫だ。なにも心配するな。おまえは、俺が必ず助ける」

まるで自分に言い聞かせるように、泣きそうな声でささやく。その声に紗栄はそっと目をつぶった。

――全身を、激しい雨が打ちつけている。雨音と一緒に、濡れた地面を走る音が、耳鳴りのように続いた。

「草津神社に着いた。もう大丈夫だからな」

琥珀の声がして、しばらくすると頬に当たっていた雨粒がやむ。朦朧《もうろう》としながら薄目を開けると、そこは草津神社の拝殿だった。

どこかから、だれかのすすり泣く声が聞こえる。この声は……鐵だろうか。

「紗栄！　無事か!?」

祖父が叫んで、駆け寄ってくる。祖父の背後に視線を向けると、二十代後半くらいの、優しげな顔立ちの男――ヒサギと、彼の前にうずくまる鐵の姿が見えた。

琥珀は紗栄を抱いたまま、まっすぐヒサギの元へ歩いていく。

「紗栄さま……」

鐵が顔を上げて、涙に濡れた目を紗栄に向ける。

「どう、したの？　銀は、まだ帰ってきてないの……？」

胸を押さえて、痛みをこらえながら尋ねる。鐵は悲痛な面持ちで黙りこんだ。

「くろ、がね……？」

「黙ってろ。体力を消耗する」

ぎゅっと紗栄の肩を抱くと、琥珀はヒサギの前に座った。ヒサギはその場に膝をついて、紗栄の額に触れる。

「……きみは、天つ神の怒りを買ってしまったんだね」

悲しそうに、ヒサギがつぶやく。

「ヒサギ、頼む。紗栄を助けてくれ。こいつが助かるなら、俺はなんでもする」

「それは、自らの命を失うことも厭《いと》わないということかい？」

「そうだ」

迷いなく、琥珀が答える。ヒサギは琥珀から視線をそらし、小さく息をついた。

「高天原の番人――カザミという名だったか。その者は、紗栄に呪いをかけたんだよ」

「の、呪い……!?」

となりに座った祖父の顔から、見る間に血の気《け》が引く。

「そう。心の臓から全身に広がり、いずれ死へと追いやる、いわば毒のようなものだ」

「それで、呪いはどうすれば消せるんだ」

焦《じ》れたように、琥珀が聞く。ヒサギは目をふせて、緩く首を横に振った。

「消すことはできない」

「……なんだと？」

「これは、かけた本人にしか消すことのできない呪いだ。ゆえに、紗栄を助けるためには――」

ヒサギは一度言葉を切り、顔を歪めた。

「だれかが、呪いを肩代わりしなければならない」

苦しげに、吐き出すようにヒサギが言う。それに対して、琥珀はほっとしたように表情をやわらげた。

「そうか。なら、俺に移してくれ」

「なに、言ってるの……」

ほとんど力の入らない手で、琥珀の着物を掴む。

「絶対、だめ。私のせいで、琥珀が死んじゃうなんて……絶対に、嫌」

「私も反対だ。妖など信用ならん。いまわの際《きわ》になって、やはり呪いを紗栄に返すなどと言いかねん」

祖父が言って、ヒサギに頭を下げる。

「ヒサギさま、呪いは私に移してください。どうせ老い先短い命。かわいい孫娘のために使えるなら、本望《ほんもう》です」

一瞬安心しかけた紗栄は、祖父の言葉に目を見開いた。

「嫌……ヒサギさま、私はこのままでいいから、呪いを移したりしないで」

必死で首を横に振る。ヒサギは紗栄の頭をそっとなでて、口を開いた。

「照栄《しょうえい》。申し訳ないけれど、紗栄の呪いをあなたに移すことはできない」

「なぜですか⁉」

「この呪いは、命そのものに染みつき、生身《なまみ》の体に回っていく。呪いを移す相手は、紗栄が今抱えている呪いに耐えられる者――つまり、紗栄より寿命の長い者でなくてはならない」

　ヒサギの言葉に、祖父は悔《くや》しそうに唇を噛んだ。

「それなら俺が適任だろう。ヒサギ、早くしてくれ」

　琥珀がヒサギをうながす。紗栄は止めようとしたが、激しい痛みに襲われて、小さくうめいた。

　痛みに震える紗栄を、琥珀は自分の方が痛そうな顔をして見つめる。

「……鐵、照栄。儀式の支度を」

　ヒサギが言うと、二人はうつむいたまま拝殿を出ていく。二人の姿が見えなくなってから、改めてヒサギは尋ねた。

「本当にいいのかい？　呪いを受ければ、きみの体は穢れ、天狐としての力はすべて消えてしまう。妖に堕《お》ち、二度と高天原へ帰ることはできなくなるんだよ？」

「あんな場所に未練はない。だから、頼む」

「……わかった」

　ヒサギがうなずく。紗栄は力を振り絞って、ヒサギの腕を掴んだ。

「ヒサギさま、お願いだから、そんなひどいことしないで……」

「紗栄……」

「琥珀も、お願い。私なら、大丈夫だから……」

　無理やり笑みをつくると、琥珀は唇を噛んでうつむいた。

「……ヒサギ。もう一つだけ、頼みたいことがある」

「なんだい？」

「呪いを移すときに、一緒に紗栄の霊力も封印してくれないか」

「霊力を？　それでは、紗栄はきみのことも忘れてしまうよ」

　琥珀はそれでいいとうなずいた。

「むしろ、俺の記憶は一番底に沈めてくれ。紗栄が二度と、今日の出来事を思い出すことがないよう」

「やめて……琥珀、お願い」

　痛みのせいではなく、涙があふれてくる。琥珀はそんな紗栄の頬を、手のひらで優しく包んだ。

「すまないが、これだけは譲れない。俺はおまえのためじゃなく、俺のために、おまえに生きていてもらいたいんだ……」

　そっと紗栄の涙をぬぐって、耳元に唇を寄せる。

「紗栄。約束をしよう」

「やく、そく……？」

「ああ。俺は、これからきっと呪いに勝って、おまえの封印も解いてやる。……だから、俺が迎えに行ったら、そのときは俺の嫁になれ」

ヒサギに聞こえないよう、屋根を叩く雨音にかき消されそうな、小さな声でささやく。琥珀の言葉に、紗栄は息をのんだ。

「絶対、迎えに来てくれる……？」

おそるおそる、尋ねる。

「ああ」

「本当に……本当？」

「本当に、本当だ」

しっかりと琥珀はうなずく。

「おまえが二十歳になったら、必ず迎えにいく。だから、それまで待っていてくれ」

ほほえむ琥珀を、紗栄はじっと見つめた。

「……わかった」

小さくうなずくと、強く引き寄せて、抱きしめられる。約束だ、とささやく琥珀の声を最後に、紗栄は意識を失った。

◇

重い瞼《まぶた》を開けると、そこは田辺神社の拝殿の中だった。掛けられていた布団《ふとん》をどけて、のろのろと上体を起こす。

「紗栄さま！」

鐵が気づいて、駆け寄ってきた。

「どうでしたか？　記憶はすべて、取り戻されましたか……？」

期待と不安に満ちた瞳でじっと見上げてくる。紗栄はその瞳をぼんやりと見つめ返した。鐵の顔が、ゆっくり滲《にじ》んでぼやけていく。

「銀は……」

声に出した瞬間、涙があふれた。

どうして思い出すのが怖かったのか、やっとわかった。この社に戻って、銀の姿がどこにもなくて、記憶をなくす前の『私』はその理由に気づいていたのだ。

銀は、自分を助けるために、浮橋山で命を落とした。その事実に耐えられなくて、ずっと逃げ続けていたのだ。

「ごめんなさい……」

今の私は、銀と琥珀の犠牲《ぎせい》の上にあった。二人のおかげで、私は生きている。

――それをやっと、思い出せた。

「謝る必要はありません。銀は、紗栄さまを守れて本望だったはずです」

鐵は泣きながら、紗栄に抱きついた。

「私はずっと、紗栄さまに思い出してほしかった。紗栄さまにとって辛《つら》い記憶だとわかっていても、銀のしたことを、覚えていてほしかったのです……」

鐵の言葉に、何度も、何度もうなずく。

記憶を取り戻せてよかった。悲しくて、胸が張り裂けそうなほど痛いけれど、大切な人たちのことを忘れたままでいるより、ずっといい。

「思い出してくださって、ありがとうございます」

「うん……」

もう二度と、忘れたりしない。どんな過去も、自分の一部だから。

これからは、痛みも悲しみも、すべて背負って生きていきたい。

「……行こう。琥珀を捜しに」

手の甲で涙をぬぐうと、紗栄は唇を噛んで立ち上がった。霊力が戻ったおかげで、なんとなくだが、琥珀の居場所を感じとることができていた。

まるで風の前の灯《ともしび》のように、今にも消えてしまいそうな琥珀の気配。

――早く行かないと。

神社を出ようとすると、懐中電灯を持った充たちが追いかけてきた。

「琥珀を捜しに行くんだろ。付き合ってやるよ」

「……うん。みんな、ありがとう」

不安が少し、やわらぐのを感じる。

紗栄は差し出された懐中電灯をしっかりと受け取った。

細い糸をたどるように、神経をとがらせて琥珀の気配を追っていた紗栄は、ふいに足を止めると、眼前の山を見上げた。

「琥珀は、この山にいる」

「ったく、あいつは……最悪な場所選びやがって……」

げんなりした顔で充がため息をつく。目の前にあるのは、浮橋山だった。

「よっぽどおまえに見つかりたくねえんだな」

「充！」

なにげなく言った充の顔を、穂積がねめつける。充は非難の視線を浴びてたじろいだ。

「な、なんだよ。あいつは紗栄が好きだから隠れてんだろ？」

「違うよ。琥珀が私に会いたくないのは、私が琥珀のこと疑ったからだよ。私のせいで呪いを背負うことになったのに……、嫌われて当然だ」

「はあ？　なに言ってんだ、おまえ」

充は心底あきれた様子でため息をついた。

「好きでもなんでもない女のために、だれが呪いの肩代わりなんかするんだよ！しかも、本人に知られないようにまでして！」

「それはきっと、私を助けられなかった罪悪感からで……」

「ああもう、馬鹿かおまえ！　あいつがそんな善意の塊《かたまり》みたいなやつに見えるか⁉」

「琥珀は優しいよ！」

「だからそれは、おまえにだけだっつってんだろ！」

「ちょっと二人とも黙って！」

充と言いあいをしていると、少し前を歩いていた穂積が目を吊り上げて振り返った。

「稲穂が、近くに妖の気配がするって」

充が表情を引きしめて、ポケットから札《ふだ》を数枚取り出す。ガサガサと、四方から草をかき分けるような音が響いた。

鐵も狛犬の姿に戻り、紗栄の前に構える。音はしばらく続いたが、ふいにやんで辺りが静けさに包まれた。

「――来るぞ！」

唐突に充が叫ぶ。同時に、前後の茂みから猿のような妖が、数匹飛び出してきた。

「妖だ！　充！」

「わかってます！」

穂積の声にこたえて、充が前に出る。手にしていた札を妖たちに飛ばすと、妖たちの動きが止まった。

しかし、安堵する間もなく、こちらに近づいて来る足音が聞こえ始める。音からして、今度の妖の数は先ほどの比ではない。

「おまえと鐵は先へ行け！　妖たちの相手は俺がする！」

「でも……！」

「おまえらがいても足手まといなだけだ！」

ためらう紗栄に、充は怒鳴った。

「琥珀を助けたいんだろ⁉」

充の言葉が、深く胸に刺さる。

助けたい。このまま一人で琥珀を逝《い》かせたりなんか、絶対にしたくない。

「ごめん、みんな！」

充たちに叫んで、鐵の背に飛び乗る。感じる琥珀の気配は、本当にかすかだ。焦燥感《しょうそうかん》から、そのかすかな気配を手繰《たぐ》り寄せる集中力が、なくなっていく。

「紗栄さま、こっちで合っていますか？」

「ごめん、ちょっと待って……」

迷っているうちに、背後から迫ってくる足音が聞こえてきた。

「また妖……？」

「速度を上げます！　しっかり摑まっていてください！」

鐵が叫んで、強く地面を蹴る。紗栄は鐵の首にしがみついて、唇を嚙んだ。

みんなを巻きこんで、危険な目に遭《あ》わせている。銀のように、まただれかを失うことになったらと思うと、息ができなくなるくらい、怖い。

でも……それでも。どうしても、琥珀に会いたい。

強く思った、そのとき。突然、今まで感じていた琥珀の気配が途切れた。

「……うそ」

首を振って目をつぶり、何度も必死に気配をたどった。しかし、欠片《かけら》ほどの気配すら感じ取れない。

「琥珀……」

間に合わなかったのだ。琥珀を傷つけたまま、たった一人で死なせてしまった。

涙なんて出なくて、ただ胸に、ぽっかりと大きな穴が空いたような気がした。

呆然《ぼうぜん》とする紗栄の背後で、枝の折れる音がする。振り返ると、妖が飛び出してくるのが見えた。

「鐵……！」

とっさに叫んで鐵の体に覆いかぶさる。両目をつぶって、訪れるであろう衝撃に身を固くした。

しかし、いくらたってもなにも感じない。

そっと目を開くと、暗がりのなか、紗栄たちの前に立つ大きな背中が見えた。振り返った人を見るなり、息をのむ。

「ヒサギさま……！」

「ひさしぶりだね。紗栄、鐵」

色白の優しげな顔に笑みが広がる。紗栄が背中から下りると、鐵は人の姿に戻った。

「あの、琥珀さまは……」

「大丈夫、まだ息をしているよ」

ヒサギが言って、視線を近くの木の根元へ向ける。そこには、狐の姿の琥珀がぐったりと横になっていた。

「琥珀！」

紗栄はすぐさま琥珀に駆け寄り、膝をついた。おそるおそる、琥珀に触れてみると、体はまだあたたかく、呼吸のたびに胸が上下している。

――生きている。琥珀はまだ、生きていた。

目頭が熱くなるのを感じ、紗栄は唇を嚙んだ。

「私の霊力を分けてあげよう。そうすれば、きっと目を覚ます」

琥珀の前に座ると、ヒサギは琥珀の額に手を置いた。やわらかな光が琥珀の体を包みこむ。

「あの……琥珀はヒサギさまを飲んで、霊力をもらっていたんじゃなかったんですか？」

尋ねると、ヒサギは首を横に振った。

「違うよ。むしろ逆だ。琥珀は私が霊力を与えようとするたびに、拒否していたんだ」

ヒサギは琥珀に霊力を送りながら、話し始めた。

「照栄が死んでしまってから、私の霊力は減る一方だった。けれど、呪いで弱って

いく琥珀を見るのがあわれでね。無理やり琥珀に霊力を分け与えていたんだ。二年前、

でも、琥珀はどうしても私から霊力をもらいたくなかったものだから。

とうとう飲みこまれてしまったんだよ」

「琥珀はヒサギさまの霊力がなくならないように、飲んだってことですか……？」

「そうだね。正しいけれど、少し間違っている」

「どういう意味ですか？」

謎かけのような言葉に首をかしげると、ヒサギは口元に笑みを浮かべた。

「琥珀が私の霊力を拒否したのは、私が霊力を失うと、私が施《ほどこ》した封印も綻《ほころ》びてしまうからだ」

霊力を送り終えたのか、琥珀から手を離して、ヒサギが紗栄を見る。

「きみがあの日の記憶を取り戻すのが、琥珀は嫌だったんだよ」

「……なにそれ……」

涙が滲みそうになって、うつむく。

琥珀は本当に、すべてを隠したまま、死ぬつもりだったのだ。自分のことを覚えてさえいない相手のために。

「ヒサギさま。お願いがあります」

紗栄は深く息を吸って、顔を上げた。

「高天原へ続く門を、開けてください」

「そう言うんじゃないかと思ったよ……。きみは、琥珀の想いを無駄にする気かい？」

「いいえ、そんなことしません。私は、絶対無駄死にしたりしませんから」

身を乗り出すようにして、訴える。

「高天原で、私に呪いをかけたカザミという女神は、琥珀に対して怒っていたけど、それでも琥珀に危害を加えようとはしていませんでした。だから、琥珀に呪いが移っていると知ったら、きっとなんとかしてくれると思うんです」

「それで、琥珀の呪いを解いてもらえたとして、きみはどうするんだ」

「私もきっと生きて帰ります。だからヒサギさま、お願いします」

地面に頭を擦《こす》りつけるようにして頼む。ヒサギはじっと紗栄を見下ろして、それから深く息をついた。

「きみは大事な草津神社の跡取りだ。きみが死んだら、私も困る」

紗栄の肩を摑んで、顔を上げさせる。

「だから、必ず生きて帰るんだ。いいね？」

「ヒサギさま……！　ありがとうございます」

「とは言ったものの、私には門を開ける力はないんだ」

「……え？」

それじゃあ、高天原へは行けないのか。絶望しかけた紗栄に、ヒサギはほほえむ。

「でも大丈夫。門ならほら、そこにある」

そう言ってヒサギの指さした方向に、紗栄も顔を向けた。

いつの間にか、神域の前まで来ていたのだ。少し先にしめ縄で囲まれた空間があり、中央には赤い鳥居が立っている。

「どうして……。鳥居は琥珀が燃やしたはずなのに」

「琥珀はもう、天狐としての力を失っているからね。高天原の鳥居を、完全に消すことはできないんだよ」

ヒサギの言葉に、唇を噛む。立ち上がった紗栄に、鐵が駆け寄った。

「紗栄さま、私も行きます！」

「鐵は琥珀のそばにいて。私は一人で平気だから」

きっぱり断って、歩き出す。鳥居をにらみつけ、神域に足を踏み入れた、そのとき。背後からうめき声が聞こえた。

「おまえ、なにをして……」

力を振り絞るようにして、人の姿に変わった琥珀に、思わず走り寄る。

「馬鹿！　お願いだから、人の姿になんかならないで、じっとしてて！」

「触るな……！」

琥珀の肩を支えようとしたが、伸ばした手を払いのけられた。心臓が、押し潰されたように苦しくなる。

「ごめんね、私のせいでこんな目に遭わせて。……そりゃあ、出会わなきゃよかったって思うよね」

「おまえ、まさか記憶を……」

琥珀は目を見開いて、紗栄の顔を見つめた。その瞳をまっすぐ見つめて、口を開く。

「でも……でもね。琥珀がなんて思ってても、私は琥珀に会えてよかったって思ってるよ」

無理に笑って、震える指先を握りしめる。

「それじゃあ、行ってくるから。琥珀はここで待っててね」

「待て！」

背を向けて立ち上がろうとした紗栄の腕を、琥珀が摑む。気がつくと紗栄は、尻もちをついて、背後から抱きしめられていた。

「行くな、紗栄。頼むから、ここにいろ……」

懇願するような声に、鼻の奥がつんとする。

「いいんだよ、琥珀。そもそも私が高天原に入ったのがいけないんだから、責任感じなくたって――」

「違う！」

琥珀が声を荒《あら》らげて、紗栄の言葉を止める。振り返ろうとすると、琥珀は回した腕に力を込めて、紗栄のうなじに額を押しつけた。

「……好きなんだ」

絞り出したような、苦しげな声に、一瞬頭が真っ白になった。

「おまえが好きだ。ずっとずっと昔から、俺はおまえのことが好きだった」

「で、でも、私と会わなきゃよかったって……」

「それは、おまえと再会したことを言ったんだ」

身をよじって、琥珀を見上げる。琥珀は紗栄を抱きしめたまま、うつむいた。

「俺は、おまえと過ごした日々の記憶があれば、十分だった。それさえあれば、穏やかな気持ちで、最期の時を迎えられたんだ。……それなのに、おまえはまた俺の前に現れて」

そっと顔を上げて、紗栄の頬に触れる。

「こんな風に触れてしまったら、未練が残るだろ……」

胸が苦しくて、気づけば涙がこぼれていた。止めようとしても、涙腺が壊れてしまったみたいに、涙があふれてくる。

琥珀に死んでほしくない。もっと一緒にいたい。もっとずっと、そばにいて、笑ったり泣いたり、たくさんのことを琥珀と一緒にしたい。

握りしめていた手を緩め、琥珀へと伸ばす。その手が触れる前に、紗栄の背中をぞくりと悪寒《おかん》が走った。

琥珀が弾かれたように顔を上げる。

「やはり生きていたのか、小娘」

怒りを押しこめたような、静かな声が聞こえた。とたんに肌が粟立《あわだ》ち、暑くもないのに全身から汗が噴き出してくる。

ゆっくり顔を向けると、鳥居の下には七年前に見た美しい女神が、当時と変わらない姿で立っていた。

「前回門が開いたとき、かすかにおまえの気配がして、まさかと思っていたのだが……なぜ生きている」

カザミはまっすぐこちらに歩いてきて、氷のように冷たい瞳で見下ろしてきた。震えそうになるのをこらえようと、手のひらに爪を食いこませる。

琥珀は紗栄を庇うように、腕を引いて背中に隠した。カザミは怪訝《けげん》そうに琥珀を見て、次の瞬間はっとしたように目を見開く。

「おまえは……！」

「なにをしに来た。さっさと高天原へ帰れ」

カザミを見上げて、琥珀が唸《うな》るように言う。しかし、カザミは琥珀の言葉など聞こえていないようで、顔を真っ赤に染めて激昂《げっこう》した。

「なんだ、そのありさまは！　呪いを肩代わりして、妖などに身を落として——おまえは人間を庇って死ぬ気なのか⁉」

激しい怒号に、空気が震える。

「今すぐ、おまえの手でその小娘を殺せ！　さすればおまえの呪いを解いて、身を清め、高天原へ帰してやる！」

カザミの指が紗栄をさした。琥珀は怒りに燃えるカザミの瞳を、静かに見つめ返す。

「断る」

迷いなく答えた琥珀に、カザミはわなわなと唇を震わせた。

「なぜこのような者の為《ため》に命を捨てる。天狐として生まれてきたおまえが、なぜ……」

「天狐として？」

カザミの言葉に、ピクリと琥珀の眉が動く。

「笑わせるな。異端だからと閉じこめておいて、よくそんなことが言える」

「あれは、おまえが他の天狐に殺されぬようしたことであろう！」

「ふざけるな！　あんな生活死んでいるも同然だ！」

琥珀が声を荒げると、カザミは黙りこんだ。怒りを押し殺すように唇を引き結ぶと、踵《きびす》を返して鳥居の方へと歩きだす。

紗栄はその背中に向かって叫んだ。

「待って！」

立ち上がり、カザミの前まで転がるようにして走り出る。

「お願いします！　琥珀の呪いを解いてください！」

「紗栄、やめろ！」

カザミの前に跪《ひざまず》いた紗栄に、琥珀が声を上げる。琥珀は紗栄の腕を引いて顔を上げさせようとしたが、それに抗《あらが》い額を地面に擦りつけた。

カザミはしばらくの間、じっと紗栄を見下ろしていたが、やがて口を開いた。

「いいだろう」

「本当ですか……!?」

「ああ、こいつの呪いを解いてやってもいい。……だが、条件がある」

紗栄を見下ろすカザミの口元に、酷薄《こくはく》な笑みが浮かぶ。

「呪いとともに、中つ国での記憶をすべて消す。そして、こいつは私が高天原へ連れて帰る」

「え……」

「おまえの記憶はそのままに、だ。……どうする？」

カザミの目が、ふっと細まった。

──琥珀が、自分のことを忘れる。

脳裏に、いくつもの記憶が浮かんでは消えていく。出会った日のこと、幼いころ一緒に過ごした日々、鐵と三人で暮らし始めてからの日々、そして。

『……好きなんだ』

苦しげな声でささやかれた、宝物のような言葉。

紗栄の瞳から、涙が一筋こぼれ落ちた。

嫌だ。忘れてほしくない。琥珀と一緒に過ごしたあの日々は、一日だって、忘れてほしくない。

「さあ、答えろ」

カザミが薄い笑みを浮かべたままうながす。紗栄はゆっくりと目をつぶり、深く息をついた。

「……お願い、します」

「紗栄！」

深く頭を垂《た》れると、琥珀は両手で紗栄の肩を掴んだ。

「取り消せ、紗栄。俺は、最期までおまえを憶《おぼ》えていたい……」

琥珀の悲痛な声に、涙があふれて止まらない。紗栄は強く奥歯を噛みしめ、涙をぬぐって顔を上げた。

琥珀を見上げて、無理やり笑みをつくる。

「だめだよ、琥珀。約束は、守らないと」

「約束……？」

「忘れちゃったの？　私が記憶をなくす前に言った言葉」

二十歳になったら、絶対迎えに行く。たしかに琥珀はそう言ってくれた。

琥珀は顔を歪めてうつむく。

「ちゃんと、守って。……迎えに来てくれなかったら、許さないから」

琥珀の首に腕を回してささやく。少しだけ体を離して、琥珀に口づけた。

――忘れないで。

たとえ記憶をなくしたとしても、この気持ちだけは、忘れないで持っていて。

終章　山吹の花の前で

「鐵《くろがね》ーっ！　私が昨日書いてたレポート知らない？」

早朝、バタバタと足音を立てながら、紗栄《さえ》は社務所《しゃむしょ》の中を走り回っていた。日は昇ったばかりで、外は薄暗い。

「紗栄、レポートとはこれのことかい？」

「紗栄さま！　これでございますか？」

「どっちも違うっ！」

いそいそと大学受験のときに使っていたテキストを持ってきたヒサギと、激安スーパーのチラシを持ってきた鐵を一喝《いっかつ》する。

かすってもいないし、ヒサギに至っては、そんなもの一体どこから引っ張り出してきたのかと問い詰めてやりたい。

しかし、あいにくそんな時間はない。

「もー、遅刻する！」

半泣きになりながら、社務所中を手当たり次第捜し回るが、まったく見つかりそうにない。紗栄は腕時計に目をやり、ため息をついた。

これ以上捜していると、講義に出られなくなってしまう。一時間に一本のバスは、こういうとき本当に不便だと思う。

「仕方ない……。ヒサギさま、鐵、いってきます」

「いってらっしゃい」

「いってらっしゃいませ！」

テキストとチラシを胸に抱いたヒサギと鐵に、笑顔で見送られる。社務所を出た紗栄は、狛犬《こまいぬ》の像へ歩み寄った。

「……いってきます。銀《しろがね》」

銀の背中をなでて、降り注ぐ朝日に顔を上げる。少しずつ明るくなっていく景色を眺め、ふと目をとめた。

視線の先には、黄色い花をつけた山吹《やまぶき》がある。琥珀《こはく》がきれいだと言っていた、山吹の花。

あれから二年。一緒に花を見たことを思い出して、胸がぎゅっと締めつけられる。

琥珀は高天原《たかまがはら》のどこかで元気に暮らしているはずだ。自分は、それを喜ばなければ。

自分に言い聞かせながら、山吹の花の前に立つ。

「おい」

そのとき、背後から声がかかった。

懐《なつ》かしい、少しぶっきらぼうな声。ゆっくりと振り返った先には、狛犬の像にもたれるようにして立つ琥珀の姿があった。

「レポートというのは、これのことか」

ひらりと紗栄のレポートを振って尋ねる。その姿を紗栄はぽかんと口を開けて見つめた。

「琥珀……？」

「二年で顔も忘れたのか？　薄情だな」

琥珀がため息をつく。

口を開けて、閉じて、また開いて。頭のなかがこんがらがって、言葉が出てこない。

琥珀はもう一つため息をつくと、狛犬の像から背を離した。

「おまえ、最後に俺に霊力を送っただろう」

「え……？」

「俺が高天原へ戻る直前だ」

琥珀の言葉に、最後に琥珀にキスをしたことを思い出す。あれはべつに、霊力をあげようとしてやったわけではなかったのだが。

「あのときおまえが残した霊力が引き金になって、記憶が戻ったんだ。まったく、高天原の神が施《ほどこ》した封印《ふういん》に勝つなんて、たいした怨念《おんねん》だな」

「お……怨念ってなによ！」

目の前まで歩いてきた琥珀を、紗栄は顔を真っ赤にして怒鳴った。

「ひさしぶりに会えたのに、他に言うことないわけ？　私、ずっと琥珀を待ってて、でも二十歳の誕生日を過ぎても来てくれなくて……！　だから、もう……もう、会えないのかと……」

最後の方は涙があふれて声にならず、唇を噛んで琥珀の胸を叩《たた》いた。琥珀はそんな紗栄の背中に腕を回すと、そっと抱き寄せる。

「悪かった。俺が悪かったから、頼むから泣くな」

なだめるように言って、頭をなでる。その声が、手が、心地《ここち》よく、紗栄は涙が止まったあとも琥珀の胸に顔をうずめていた。

「ここへ来るとき、カザミさまに気づかれたりしなかったの？」

「気づいていただろうな。だが、止められはしなかった」

顔を上げて、琥珀を見る。

「どれだけおまえの霊力が強くとも、それだけで高天原の神が施した封印を解くことはできなかっただろう」

「それって、カザミさまがわざと封印を緩《ゆる》めたってこと？」

「……あまり、想像はつかないが」

ふっと目をそらして琥珀が答える。

「そうかな……私はなんとなく、想像つくけど」

カザミは最後まで、琥珀を傷つけようとしなかった。琥珀とのやりとりを見ていても、むしろカザミは琥珀に裏切られて傷ついているように見えた。

以前、充《みつる》から『天《あま》つ神は穢《けが》れをひどく嫌う』と聞いたことを思い出す。

カザミは外界の侵入者から高天原を守る番人だが、おそらくそれは、高天原で最も穢れに近い役目だ。他の天つ神からすれば、異質な者だったのかもしれない。

金色の毛を持つ天狐のなかで、唯一《ゆいいつ》、琥珀色の毛をした琥珀のように。

カザミは琥珀に自分を重ねて、親として、琥珀を守ろうとしていたのではないだろうか。

カザミのしたことは許せないけれど、そう考えると、憎みきれない。自分も、独りよがりで両親を傷つけたことがあるから。

「……おい」

うつむいたまま考えこんでいると、ふいに顎《あご》を持ち上げられた。至近距離で目が合い、思わず後《あと》ずさるが、琥珀はすばやく背中に腕を回して紗栄を捕らえる。

「ひさしぶりに会って、他に言うことは無いのか？」

不機嫌そうな顔で、さっきの紗栄の言葉を繰り返す。

「他って？」

「俺はおまえに好きだと言ったが、おまえの口からはまだ聞いてない」

「そ、そんなの、もう言ってるようなものじゃない！」

『まだ』なんて言っている時点で、答えなどわかりきっているはずだ。紗栄は顔を真っ赤にして胸を押し返したが、琥珀はびくともしない。

「さっさと言わないと、遅刻するぞ。――紗栄」

不敵な笑みを浮かべる琥珀が憎い。

嫌味っぽくて、いつも一言よけいで。きっとこの先も、けんかは絶えないだろう。

けれど、そんな未来さえ愛《いと》おしく思える。

幸せなときも、苦しいときも、これからは一緒に、決して消えることのない記憶を重ねていきたい。そうして、足早に過ぎていくこの日々を、いつの日か思い返して笑いたい。琥珀のとなりで。

両手を琥珀の肩に乗せて、ぐっと背伸びをする。そして、耳元に顔を寄せると、いつか琥珀がくれた、あの宝物のような言葉をささやいた。

参考文献

『よくわかる祝詞読本』瓜生中 著（角川ソフィア文庫）
『新 神社祭式行事作法教本』沼部春友、茂木貞純 編著（戎光祥出版）
『神道の神秘――古神道の思想と行法』山蔭基央 著（春秋社）

エブリスタ
国内最大級の小説投稿サイト。

小説を書きたい人と読みたい人が出会うプラットフォームとして、これまでに200万点以上の作品を配信する。

大手出版社との協業による文芸賞の開催など、ジャンルを問わず多くの新人作家の発掘・プロデュースをおこなっている。

https://estar.jp

この作品は、小説投稿サイト「エブリスタ」の投稿作品「うちの神様知りませんか？」に大幅な加筆・修正を加えたものです。

著者紹介
市宮早記（いちみや　さき）
広島県出身。小説投稿サイト「エブリスタ」で執筆した作品が書籍化され、作家デビュー。著書に、『噂のあいつは家庭科部！』『噂の彼女も家庭科部！』『噂のあのコは剣道部！』（以上、ポプラ社）、『チェンジ！ 今日からわたしが男子寮!?』（集英社みらい文庫）、『新選組のレシピ』（PHP文芸文庫）などがある。

PHP文芸文庫　うちの神様知りませんか？

2020年7月21日　第1版第1刷

著者　市宮早記
発行者　後藤淳一
発行所　株式会社PHP研究所
東京本部　〒135-8137 江東区豊洲5-6-52
第三制作部文藝課　☎03-3520-9620（編集）
普及部　☎03-3520-9630（販売）
京都本部　〒601-8411 京都市南区西九条北ノ内町11
PHP INTERFACE　https://www.php.co.jp/
組版　朝日メディアインターナショナル株式会社
印刷所　図書印刷株式会社
製本所　東京美術紙工協業組合

 ISBN978-4-569-90067-4

PHP文芸文庫

新選組のレシピ

市宮早記　著

現代の女性料理人が幕末にタイムスリップ！　そこで出会った壬生浪士たちに料理番として雇われることに……。彼女の運命はどうなる!?

PHP文芸文庫

睦月童《むつきわらし》

西條奈加 著

「人の罪を映す」目を持った少女と、失敗続きの商家の跡取り息子が、江戸で起こる事件を解決していくが……。感動の時代ファンタジー。

桜風堂ものがたり(上・下)

村山早紀 著

田舎町の書店で、一人の青年が起こした心温まる奇跡を描き、全国の書店員から絶賛された本屋大賞ノミネート作。

PHP文芸文庫

第7回京都本大賞受賞の人気シリーズ

京都府警あやかし課の事件簿(1)~(3)

天花寺さやか 著

人外を取り締まる警察組織、あやかし課。新人女性隊員・大にはある重大な秘密があって……? 不思議な縁が織りなす京都あやかしロマンシリーズ。